btb
Aus Freude am Lesen

btb

Buch

Paris, 20. Bezirk. Der jüdische Antiquitätenhändler Simon Sylberstein erschießt einen deutschen Touristen, in dem er einen alten Peiniger wiederzuerkennen glaubt. Anschließend stellt er sich der Polizei. Sylberstein stirbt in der Untersuchungshaft. Aber Inspektor Benamou, aus Algerien stammender Kommissar und selbst jüdischen Glaubens, läßt dieser Fall nicht los: Er reist ins Berlin der Wende-Zeit und ermittelt auf eigene Faust weiter. Schnell muß Benamou erkennen, daß er nicht der Einzige ist, der sich für Sylberstein und dessen Geschichte interessiert ...
Ein packender Kriminalroman, der Hochspannung und brisante Themen kombiniert. In Frankreich bei Erscheinen in die Liste der besten Krimis des Jahres aufgenommen und erfolgreich verfilmt.

Autor

Konop (eigentlich Guy Konopnicky) ist französischer Journalist und Autor. Sein Roman »Kein Kaddisch für Sylberstein«, bei Gallimard in der renommierten Série Noire veröffentlicht, wurde von der französischen Kritik hoch gelobt und von Alexandre Arcady erfolgreich verfilmt.

Konop

Kein Kaddisch für Sylberstein

Kriminalroman

Aus dem Französischen
von Vincent von Wroblewsky

btb

Umwelthinweis:
Alle bedruckten Materialien dieses Taschenbuches sind chlorfrei und umweltschonend.

Der btb-Verlag ist ein Unternehmen der Verlagsgruppe Random House.

1. Auflage
Genehmigte Taschenbuchausgabe April 2004

Umschlaggestaltung: Design Team München
Umschlagfoto: IFA-Bilderteam
Satz: IBV Satz- und Datentechnik GmbH, Berlin
KR · Herstellung: Augustin Wiesbeck
Made in Germany
ISBN 3-442-73070-8
www.btb-verlag.de

1

Vom Streifenwagen aus hatte Inspektor Benamou so etwas wie ein trockenes Geräusch gehört, einen Knall vielleicht. Der Beamte Duclos hatte nichts gehört. Und es war auch nicht ganz ihr Abschnitt, sie holten eben nur gerade Zigaretten und einen Pack Bier bei Achmed, dem Laden in der Rue de Bagnolet. Der Inspektor fand das Geräusch etwas seltsam. Der Beamte Duclos jedoch, der wirklich großen Durst hatte, hielt es für überflüssig, sich wegen eines Knallfrosches Sorgen zu machen, und das an einem 15. Juli, einen Tag nach dem Nationalfeiertag ... Es gibt immer Nachzügler und kleine Jungs, die ihre Vorräte aufbrauchen müssen.

Sie hatten sich etwas länger aufgehalten bei Achmed. Der Inspektor war eher für Büchsenbier, der Beamte Duclos bevorzugte Flaschen, vor allem die neuen, wieder verschließbaren.

Benamou hatte ein wenig mit Achmed über die Heimat geplaudert, über die Straßen von Algier, durch die sie einst gezogen waren. Nicht die gleichen Straßen, nicht ganz, aber sie erzählten von Bab el Oued, von der Casbah und der Rue Michelet, während Duclos vergleichende Studien über das Kronenbourg in

Büchsen und das Bier der Marke 33 in Flaschen unternahm.

Der Beamte Duclos und Inspektor Benamou waren ins Kommissariat zurückgekehrt, unterhalb des Rathauses des 20. Bezirks. Die Atmosphäre war etwas drückend, einmal wegen der Sommerhitze, aber mehr noch wegen einer Gedenkfeier, die am nächsten Morgen stattfinden sollte. Inspektor Besson sagte gerade etwas, das anscheinend nur für die Beamten Manceau und Bernier bestimmt war, denn seine Stimme wurde leiser, als Benamou auftauchte.

»Ben, da ist ein Typ, der sich um fünfzig Jahre geirrt hat«, sagte Besson, und zeigte auf einen graubärtigen Mann, der ostentativ seinen Hut aufbehielt. »... Und der ist von ganz allein gekommen!«

Benamou gab ein Brummen von sich: er hatte beschlossen, nicht mehr auf die täglichen Provokationen seines Kollegen zu antworten, auf diese ständigen kleinen Anspielungen. Besson, Sohn eines Bullen und selbst Bulle, erzählte gern von den Taten seines Vaters, der vor ihm in den Vierteln von Belleville und Menilmontant Dienst getan hatte.

Vor dem Büro der Inspektoren wartete ein älterer, vornehm aussehender Herr, der mit Samuel Benamou sprechen wollte, und nur mit ihm. Er beschuldigte sich selbst eines Mordes, den er soeben in der Nummer 57 der Rue de Bagnolet begangen habe.

Bei der Überprüfung fand man eine Leiche, mit einem runden Loch im Schädel, genau oberhalb der beiden weit geöffneten Augen.

Während seiner zwanzig Dienstjahre hatte Sam Benamou keine so saubere Leiche gesehen. Schläge und

Wunden, die ohne vorsätzlich zu handeln zum Tod führten, sind entschieden scheußlicher! Überall blaue Flecke, Spuren von Erbrochenem, selbst Urin und Exkremente. Das Verbrechen, das wahre, ist da eleganter. Die Leiche der Nummer 57, Rue de Bagnolet, hatte nicht mal Zeit gehabt, einzupissen. Ein Toter ohne Angst mit einer sauberen Wunde. Und ein Mörder, der in nichts diesen gewöhnlichen Schlägern glich, die eines Tages auf dem Kommissariat landen, weil sie etwas kräftiger als sonst zugeschlagen haben. Die Bezeichnung Mörder paßte nicht zu diesem Mann, obwohl er gerade kaltblütig und ohne zu zittern getötet hatte. Inspektor Benamou hatte überhaupt keine Lust, ihn festzunehmen, er hätte ihm sogar lieber einen Orden verliehen. Es war nicht das erste Mal, daß er Sympathien für einen Mörder empfand. In der Nacht ihrer Verhaftung sind Mörder mitleiderregend und die Umstände immer mildernd. Doch diesmal war es anders.

Benamou empfand tiefen Respekt für diesen alten Mann, er billigte seine Tat. Sie sprachen viele Stunden miteinander, und als das Licht des Morgengrauens blaß durch die schmutzigen vergitterten Fenster fiel, wandte sich der seltsame Mörder gegen Osten, in Richtung der Porte des Lilas, und weiter zu den eisigen Ebenen seiner Kindheit, und, über diese hinaus, weiter bis nach Jerusalem. Lederbänder auf Stirn und Arm, eine Kippa und einen Gebetsschal auf dem Kopf, sagte er wie jeden Morgen *Sch'ma Israel,* und Sam wiederholte mit ihm *Adonai elohenu, Adonai erad.*

Dann brachte der Mörder die eigenartigen Töne des Aramäischen zum Klingen, *Jis-ga-dal v'jis-ka-dash sh'mai rabo.*

»Was, sagte Benamou, Kaddisch! Für dieses Schwein, das Sie gerade getötet haben?«

»Spotten Sie nicht, Inspektor! Ich spreche das Kaddisch für all jene, die darum gebracht worden sind, dort.«

»Es braucht mindestens zehn Männer, um das Kaddisch zu sprechen ...«

»Inspektor, Ihr Auftrag ist es, die Gesetze durchzusetzen ... Überlassen sie mir dieses eine Gesetz!«

Der Mann strömte eine Art natürlicher oder sogar übernatürlicher Autorität aus, so wie er dastand, in dem fahlen Licht, eingehüllt in seinem Talith und den Tefilin auf der Stirn.

Benamou hatte solange wie möglich den Moment hinausgezögert, in dem er sich an die elektrische Schreibmaschine der Marke Japy setzen und ein amtliches Protokollformular mit drei Blatt Durchschlagpapier und drei Kohleblättern einspannen mußte. Doch nun war es Zeit, man hörte schon die Händler, die auf dem Markt der Avenue Gambetta ihre Stände aufbauten. Es war heller Tag und der Beamte Duclos war mit dem Bier fertig, er stand schon an der Theke eines Bistro der Rue Belgrand vor einem Kaffee mit Cognac.

»Wenn man sich vorstellt, daß dieser Kerl Autofahrern bei 0,8 Promille eine Strafe aufbrummt«, seufzte Benamou, und zog die Maschine zu sich heran. »... Nun gut ... Herr Sylberstein ... Wenn Sie darauf bestehen ...!«

»Herr Inspektor! Vergeben ist Sache des Ewigen und nur des Ewigen ... Sie können ihn nicht vertreten!«

»Wie Sie wollen ... Ich hoffe, der Vertreter der Staatsanwaltschaft wird nicht zu ...«

»Vertreter? Ein Reisender, auf jiddisch oder deutsch? Was hat der hier zu suchen?«

»Der Vertreter der Anklage, im Namen der Republik ... Das ist ein Begriff unserer Rechtsprechung.«

Widerwillig nahm Benamou die Aussage von Simon Sylberstein auf und verfaßte eine für den diensthabenden Staatsanwalt bestimmte Erklärung.

Sehr geehrter Herr Staatsanwalt,

mir obliegt die schmerzhafte Aufgabe, hiermit den Altwarenhändler Sylberstein, Simon, der Justiz zu überantworten, nicht vorbestraft, und dennoch des Mordes verdächtig, begangen mittels einer im unerlaubten Besitz befindlichen Kriegswaffe. Der Tatverdächtige hat sich selbst dem Hauptkommissariat des zwanzigsten Bezirks von Paris, Place Gambetta, gestellt. Er bat um seine Festnahme, nachdem er sein »Verbrechen« gestanden hatte. Ich bitte Sie, sehr geehrter Herr Staatsanwalt, mit allem Respekt, den ich sowohl Ihrer Person wie Ihrer Funktion schulde, mir nicht zu verübeln, daß ich das Wort »Verbrechen« in Anführungsstriche setze, obwohl der Gebrauch dieses graphischen Zeichens vor und nach dieser Bezeichnung den Vorschriften widerspricht. Ohne Zweifel muß Simon Sylberstein entsprechend den Bestimmungen des Strafgesetzbuches wegen Mordes angeklagt werden. Dennoch werden Sie nach Begutachtung der beigelegten Beweisstücke und insbesondere des Verhörprotokolls des Tatverdächtigen verstehen, daß ich mich nicht dazu entschließen kann, diesen Mord als ein Verbrechen zu betrachten.

Beigefügte Beweisstücke: 1 Revolver der Marke Luger, Kaliber 9 mm, Sonderserie, hergestellt 1941, im Besitz des Tatverdächtigen, der erklärt, diese Waffe, eine Kriegsbeute, als Erinnerungsstück aufbewahrt zu haben. Der Tatverdächtige bekennt sich folglich des Vergehens des unerlaubten Besitzes einer Feuerwaffe für schuldig.

Sam drehte die Walze der Maschine weiter, nahm das amtliche Blatt heraus und öffnete einen Aktenordner, in den er auch den Autopsiebericht hineinlegte, der im Leichenschauhaus des Krankenhauses Tenon verfaßt worden war.

Dann schrieb er eine kurze zusammenfassende Notiz.

Das »Opfer« (ich bitte Sie, sehr geehrter Herr Staatsanwalt, mir ein zweites Mal diesen abweichenden Gebrauch der Anführungsstriche zu verzeihen) – das »Opfer« also ist ein kräftig gebauter fülliger Mann. Die am Körper gefundenen Ausweispapiere erlauben die Feststellung, daß es sich um einen gewissen Stoltz, Rudolf, handelt, geboren in Frankfurt an der Oder (Deutschland) am 18. Januar 1919, Rentner, wohnhaft in Berlin, Leipziger Straße 27 (ehemalige DDR). Die Kugel im Schädel des Rudolf Stoltz stammt aus der im Besitz von Simon Sylberstein befindlichen Waffe. Sie wurde aus einer Entfernung von weniger als zwei Metern abgefeuert.

Besondere Kennzeichen: das Opfer trägt am lin-

ken Bein eine Prothese. Die Analyse der Narben beweist, daß die Amputation auf die vierziger Jahre zurückgeht und unter unzulänglichen Bedingungen stattfand, wahrscheinlich auf einem Schlachtfeld. Auf dem Körper befindet sich eine Tätowierung in Brusthöhe, drei gotische Buchstaben V.R.F., vielleicht die Abkürzung des Nazimottos »Ein Volk, ein Reich, ein Führer« (persönliche Vermutung des Inspektors Benamou).

Diese Tätowierung bestätigt die Erklärung des Tatverdächtigen Sylberstein, Simon, die diesem Bericht beigelegt ist.

Das Geständnis von Sylberstein war knapp und einfach. Ein deutscher Tourist, ein alter, auf einen Stock gestützter Mann, der trotz seiner Behinderung behende lief, war in das Durcheinander der Rue de Bagnolet geraten. Ein Zufall. Die Ladentür stand offen, es war heiß und Simon erledigte seine Buchhaltung. Als er die Augen hob, erkannte der Trödler den SS-Mann Stoltz, den Mann, der die Juden seines Stetl in die Todeslastwagen steigen ließ. Ein Gesicht, das er nicht vergessen hatte. Er öffnete die Schublade, nahm den Revolver und drückte ohne zu Zögern ab. Das war alles.

Benamou nahm ein neues Blatt, mit nur einem Kohlepapier und einem einzigen Durchschlag. Er tippte noch langsamer, schwer atmend.

Hiermit erkläre ich, das Geständnis des obengenannten Sylberstein getreu aufgezeichnet zu haben und es Ihnen zur Kenntnis vorzulegen. Ich erlaube mir hinzuzufügen, daß Alter und Gesundheitszu-

stand des Tatverdächtigen eine längere Haft ausschließen. Mir ist bewußt, daß dieses Gesuch ebenso unvorschriftsmäßig ist wie der Gebrauch der Anführungsstriche, und deshalb habe ich, sehr geehrter Herr Staatsanwalt, beschlossen, nachdem ich meine Pflicht erfüllt habe, dem Herrn Polizeipräfekten meine Kündigung einzureichen.

Mit vorzüglicher Hochachtung
Inspektor Samuel Benamou

In den Büroräumen der Pariser Staatsanwaltschaft war es heiß, viel zu heiß, und Staatsanwalt Laval verfaßte die Klage der Anklagevertretung, ohne sich die Mühe zu machen, das gesamte Verhörprotokoll zu lesen. Der Gerichtsdiener notierte auf der Akte »Vertretung der Anklage gegen Sylberstein, Simon – Mord« und leitete das Ganze an den Untersuchungsrichter weiter. Derweil überführte man den Altwarenhändler in das Gefängnis La Santé.

Da die Justiz wegen der Sommerferien mit eingeschränktem Personal arbeitete, sah der Richter Lemoine keinen Anlaß, die Untersuchung einer einfachen und durchsichtigen Angelegenheit zu beschleunigen: ein Opfer, ein Täter, ein Geständnis, eine Tatwaffe …

Simon Sylberstein konnte also ruhig im Gefängnis zuwarten.

Nach drei Wochen klagte er über Atembeschwerden, und der Gefängnisarzt ließ ihn unter strenger Bewachung ins Krankenhaus Cochin überführen. Ihm wurde ein Lungenödem entfernt, und er erlag dem Operationsschock. Einen Monat nach seinem »Verbrechen«

wurde er also für tot erklärt, und da keine Angehörigen seine Leiche beanspruchten, wurde er im Massengrab des Friedhofs von Thiais beigesetzt, in Gegenwart des Inspektors Benamou und des Rabbiners Malka, dem israelitischen Gefängnisgeistlichen.

2

Nach dem Begräbnis ging Sam Benamou ein letztes Mal ins Kommissariat des 20. Bezirks, ordnete sorgfältig seine Sachen und gab seine Dienstwaffe zurück. Er hatte in den wenigen Wochen zwischen der Ankündigung und dem Inkrafttreten seiner Kündigung gewissenhaft alle Routineangelegenheiten erledigt. Seine Vorgesetzten verstanden seinen Schritt nicht.

Kündigt man, weil man sich einem Schuldigen zu nahe fühlt? Ganz so war es nicht. Der Mord geschah in der Nacht vom 15. zum 16. Juli. Sam hatte seine Pflicht erfüllt, nichts als seine Pflicht, ohne Einschränkung. Der Zufall, aber war es wirklich der Zufall, wollte es, daß ein Jude am Morgen des fünfzigsten Jahrestages der großen Razzia in einen vergitterten Wagen stieg. Man konnte Sam gegenüber noch so oft wiederholen, daß er nichts dafür konnte, daß der Mann sich selbst der Polizei gestellt hatte, diese Art von Zufall mißfiel ihm ... Es war Masel, sagte er, und er spaßte nicht mit Fügungen, die ihm göttlichen Ursprungs schienen.

Ein Jude hatte also bewußt den Tod eines Nazirentners herbeigeführt und hatte, in Handschellen, dieses Kommissariat verlassen, das fünfzig Jahre zuvor den

Mannschaften, die das Viertel von Belleville abgeriegelt hatten, als Hauptquartier diente.

Die Verantwortung für den Tod von Sylberstein fiel genau in dem Moment auf Benamou, als er die Polizei verließ, um ruhig schlafen zu können. Es war seine Schuld, er hatte dem Alten zugehört, statt auf sich selbst zu hören.

Anstatt Sylberstein in der grünen Minna davonfahren zu lassen, hätte er die Presse aufhetzen können, die Sache publik machen. Aber Sylberstein hatte ihn angefleht, nichts zu sagen.

»Sie werden mir Haftverschonung gewähren, bevor sie mich freisprechen ... Ich will derweil mein Verbrechen nicht benutzen, um mich hervorzutun ... Die Gerechten müssen im Schatten bleiben ... Wie die Opfer, die ich gerächt habe.«

Man hadert nicht mit den Worten eines Gerechten. Die grenzenlose Frömmigkeit des Mörders beeindruckte den Inspektor. Das Gebet, das zwischen den verdreckten Wänden des Kommissariats in dieser Nacht der Erinnerung widerhallte, gab dem Verbrechen einen heiligen Charakter, und Benamou blickte auf Sylberstein, so wie er einst auf die Tür des Hauses seiner Kindheit geblickt hatte, in Bab el Oued, am Pessachabend, wenn auf den Sedertisch ein Weinkelch für den Propheten Elias gestellt wurde.

Er war nie zu den Benamous nach Bab el Oued gekommen, der Prophet Elias, den der kleine Sam mit einer mit Schrecken vermischten Ungeduld erwartete, und dieser Mörder, der aus einer von Gespenstern bevölkerten Nacht auftauchte, schien seinerseits eine Prophezeiung zu erfüllen.

Aber Sylberstein war an der Langsamkeit der Justiz gestorben, und Benamou erlaubte sich eine winzige Pflichtübertretung. Er nahm eine Kopie der Akte mit, um allen kundzutun, daß die Hand des Allmächtigen in der Nacht vom 15. zum 16. Juli in Paris, Rue de Bagnolet, niedergegangen war.

Denn Benamou konnte nicht daran zweifeln; es war göttliche Gnade, die fünfzig Jahre nach dem Verbrechen den Überlebenden und den ehemaligen SS-Mann zusammengeführt hatte.

Und war es nicht der Ewige, gelobt sei er, der entschieden hatte, daß eben in dieser Nacht der diensthabende Inspektor genau Sam Benamou war, strenggläubiger Jude und dennoch Polizeibeamter?

Sam verabschiedete sich von seinen Kollegen und betrachtete ein letztes Mal die Umgebung.

»Du wirst uns fehlen, Sam«, bekräftigte Inspektor Besson »... Das war doch sehr bequem, einen Typen hier zu haben, der freiwillig den Sonntagsdienst übernimmt, wenn man ihm nur den Sonnabend läßt ...«

Benamou antwortete lieber nicht. Besson begann immer mit unschuldigen Anspielungen, bevor er in Fahrt kam. Sam kannte die Geschichten von Besson: »Kennst du den Unterschied zwischen einem Aschkenas und einem Sephardim? Beide würde ihre Mutter verkaufen, aber der Sephardim liefert frei Haus!«

Benamou hatte nicht mehr die Kraft, wütend zu werden.

Er hatte dreißig Jahre bei der Polizei verbracht, davon fünf im Kommissariat der Place Gambetta. Sein ganzes Leben, seit seiner Ankunft im Mutterland, auf dem Schiff *Ville de Marseille* im Juli 1962.

Was konnte ein junger Schwarz-Fuß, ein Pied-Noir, nach zwei von Aufständen unterbrochenen Jahren des Jurastudiums an der Fakultät von Algier schon machen?

Seit langem schon machte ihm der Beruf nicht mehr viel Freude. Wie viele Klagen wegen Ladendiebstahls, ungedeckter Schecks, nächtlicher Ruhestörungen hatte er in all den Jahren aufgenommen? Ein paar Vergewaltigungen, Freier in flagranti an der Porte des Lilas, immer die gleichen eintönigen Verstecke, um Exhibitionisten zu fassen, oder kleine Dealer, die man auf dem Friedhof Père Lachaise festnahm, in der Nähe des Grabes von Jim Morrison ... Routine, nichts als Routine. Die Sache Sylberstein war sein erster Mord mit Charakter. Ein Mord ohne Geheimnis, der aber seine Rolle als Bulle unmöglich machte.

Sollte man jetzt, nachdem Sylberstein nicht mehr da war, die Sache publik und zum Skandal machen?

Noch auf dem Bahnsteig der Metro Gambetta war Benamou dazu entschlossen. Als er an der Station Gallieni ausstieg, um sein Haus zu erreichen, das zwischen zwei vom sozialen Wohnungsbau der Stadt Bagnolet errichteten Hochhäusern eingeklemmt war, zögerte der Ex-Inspektor. Wie konnte er einen öffentlichen Skandal auslösen, ohne die ganze Angelegenheit seiner Frau zu erzählen? Einschließlich der Kündigung? Das war unmöglich. Das Amt hatte in seiner grenzenlosen Güte und in Anerkennung seiner guten und loyalen Diensterfüllung die Zahlung seines Gehalts bis zum 31. Dezember bewilligt. Gerade genug Zeit, um seine Nebentätigkeit in eine Haupttätigkeit zu verwandeln.

Denn außerhalb der Dienstzeit trat Inspektor Benamou als Sänger und Akkordeonspieler bei jüdischen Festen und Hochzeiten auf. Mit ein wenig Anstrengung könnte er endlich Berufssänger werden.

Hatte er nicht etwas von Enrico Macias? Sein Repertoire umfaßte die gesamte aschkenasische und sephardische Folklore, unterbrochen von »et Paris tu m'as pris dans tes bras« ... Ja, eben ... Auf dem Bahnsteig der Station Gallieni angekommen, fuhr Sam in der Gegenrichtung zurück, um irgendwohin zu gehen, einfach durch die Straßen zu laufen.

Er stieg in Réaumur-Sébastopol aus, vermied jedoch den Sentier, wo er zu viele Leute kannte. Er ging Richtung Börse, nahm die Rue du Quatre-Septembre, überquerte die Avenue de l'Opéra und kreiste lange um den Marche Saint-Honoré. Hier hatte er endlich das Gefühl, außerhalb seiner Welt zu sein und ließ sich in einem Bistro nieder, um noch einmal die Aussage von Sylberstein zu lesen.

Der Mann war mit ausgestreckten Fäusten in das Büro der Inspektoren eingetreten.

»Verhaften Sie mich, ich habe einen Menschen getötet ... Wenn man das einen Menschen nennen kann!«

Benamou kannte Simon gut. Ein unauffälliger Händler, der im Altwarenhandel nicht ganz am richtigen Platz schien. Eine Art Ästhet der angestoßenen Vasen und kiloweisen Silberbestecke. Ein sehr höflicher Mann, der sich ausgiebig entschuldigte, wenn Polizeibeamte ihn bitten mußten, seinen im Weg stehenden Lieferwagen etwas weiter zu stellen. Unauffällige Leute töten manchmal ihre Frauen, doch Simon Sylberstein war ein alter Witwer, von dem kein Verhältnis zu einer Frau bekannt war.

Nein, er hatte ihm keine Handschellen angelegt, um ihn an der Heizung festzumachen. Er hatte ihm einen Sitzplatz angeboten und ihn sanft verhört.

Name: Sylberstein.
Vorname: Shimon, genannt Simon.
Geboren am: 27. November 1917 in Schmertzow (Ukraine).

Benamou hatte sich mehrmals Schmertzow buchstabieren lassen und Sylberstein hatte gelächelt. »Bei den Goyim muß man Sylberstein buchstabieren, Sie kennen nur Schmertzow nicht!«

»In der Ukraine, sagen Sie?«

»Das heißt ... Ja ... Sehr nahe der Front, als ich geboren wurde ... Komischer Ort. Wir hatten die Regierung Petliura, dann die Machnowisten und die Bolschewiki ... Dann war ich Pionier, Komsomol, ich habe in Kiew studiert ...«

»Herr Sylberstein, ich finde das hoch interessant, aber wir kommen ein wenig ab ... Beruf?«

»Altwarenhändler, Antiquitäten, Rue de Bagnolet, 57, ich wohne über meinem Geschäft, so haben Sie auch die Adresse!«

»Gut, nun zu den Fakten ...«

»Ein deutscher Tourist, etwa in meinem Alter, kam in den Laden. Ich habe den Revolver aus der Schublade genommen und abgedrückt. Das war's.«

»Einfach so?«

»Ja, einfach so ... Das ist die Tatwaffe ... Sie haben mich nicht mal durchsucht!«

»Herr Sylberstein, ich weiß, daß Sie schreckliche

Dinge erlebt haben, früher, aber trotzdem ... Einen deutschen Touristen zur Zielscheibe machen!«

»Er war nicht immer Tourist! Der Zufall, aber nicht der französische Zufall, eher Masel, Sie verstehen? Ich stand in meinem Laden, fünfzig Jahre danach ... dreitausend Kilometer weiter ... Ich sehe hoch und wen sehe ich vor mir? Den SS-Mann Rudi Stoltz. Er war ein alter Mann, aber ich habe ihn sofort erkannt. Ich habe geschossen, das ist alles.«

»Wenn ich Richter wäre, würde ich Sie freisprechen ... Aber ich bin nur ein einfacher Inspektor ... Es wird einen Prozeß geben, Geschworene ... Sie werden sie überzeugen müssen ... Sagen Sie mir ... Unter welchen Umständen haben Sie den SS-Mann Stoltz kennengelernt?«

»Er gehörte zum SS-Kommando, das die ganze Bevölkerung von Schmertzow ermordet hat!«

»Und wie sind Sie dem Massaker entkommen?«

»Glück ... Ich war dabei, ohne es zu sein ... Das Leben besteht aus Glück, wenn man so sagen kann ... Als die Operation Barbarossa begann, war ich nicht mehr in meinem Stetl, wissen Sie, das Stetl war inzwischen ein Kolchos, aber ich war in Sibirien ... Ein kleines unbedeutendes Lager, für Leute, die nichts getan hatten, aber trotzdem, Gulag ... Und dann, als die Nazis vor Moskau standen, hat man uns Radio hören lassen ... Stalin weinte ... Und sie haben die Seki, die Sakljudschonnye, die Häftlinge aus den Lagern geholt ... Sie haben uns die Freiheit versprochen, wenn wir an die Front gehen ... Erst habe ich im Norden gekämpft, im Winter '42 /'43 ... Und dann, später, da ich ebensogut ukrainisch wie russisch sprach, haben sie mich in die

Ukraine geschickt, eine Partisaneneinheit aufzubauen ... So fand ich mich im Frühjahr '44 ganz in der Nähe meines Dorfes wieder. Die SS war da, wir waren nicht zahlreich genug, um einzugreifen, aber ich habe alles gesehen. Sie hatten nur noch einen Lastwagen, einen Saurer, mit dem Auspuff innen ... Sie fuhren auf dem Platz herum und luden die Leichen ab ... Dann ging ihnen das Benzin aus ... Sie haben alles, was noch lebte, zusammengetrieben und haben geschossen ... Dann haben sie Feuer gemacht, man sah nichts mehr ... Eine Einheit der roten Armee hat sich uns angeschlossen ... Wir haben uns auf das Dorf zubewegt ... Die Deutschen waren weg ... Es waren nur fünf SS-Leute zurückgeblieben, mit einem Maschinengewehr. Sie haben das Feuer eröffnet und uns mehrere Stunden aufgehalten. Tollwütige Hunde, ja! Vier sind im Kampf gefallen. Der fünfte, der das Maschinengewehr führte, hatte ein völlig brandiges Bein. Ich wollte ihn erschießen. Aber mein Hauptmann hat mich daran gehindert. Und jetzt taucht dieser Mann, wie ein Gespenst in meinem Laden auf ...«

Der Ex-Inspektor las wieder und wieder den grauenerregenden Bericht, von dem er das Wesentliche festgehalten hatte. Nachdem er seine Nächsten begraben hatte, hatte Sylberstein Glück. Seine Partisanengruppe schlich sich hinter die deutschen Linien, um sie von hinten zu bekämpfen. Er fand sich in Polen wieder, dann in Österreich, er wurde verwundet, von den Amerikanern aufgelesen und mischte sich, das Durcheinander ausnutzend, unter die Flüchtlinge, die nach Frankreich zurückgeführt wurden.

In Paris lebte Sylberstein einsam und in der Erinnerung. Man konnte ihn jedoch jeden Sonnabend beim morgendlichen Gottesdienst in der Synagoge der Rue Julien Lacroix sehen.

Den Rest seiner Zeit verbrachte er damit, den Trödel zu sortieren und allein, in der kleinen Wohnung über seinem Warenlager, zu studieren. Sam dachte, daß es vielleicht irgendwo in Rußland oder in Israel entfernte Verwandte gäbe, die in der einen oder anderen Weise Anspruch auf das Erbe hätten. Schließlich hinterließ der Altwarenhändler zwar kein Vermögen, aber doch ein hübsches Sümmchen. Siebenhundertvierzigtausend Francs in Aktien und Wertpapieren, zweihundertzwölftausend Francs auf laufenden Konten, ohne das Lager, die Wohnung und das Mobiliar mitzuzählen. Es hatte sich erübrigt, den Bestand langwierig zu inventarisieren, da alles peinlich genau geordnet war. Sylberstein verfügte offensichtlich über die Kunst der Klassifizierung und der Kategorisierung. Sein Gerümpel war in Gruppen und Untergruppen geordnet: »Haushaltsgegenstände a) nützlich b) nützlich-dekorativ c) nicht benutzbar aber dekorativ d) nicht benutzbar«. Es gab sogar eine Nomenklatur der »mechanischen Einzelteile, Drähte und Schnüre ohne Nutzen« sowie ein Inventar der »Fotos und Portraits von Vorfahren ohne bekannte Nachfahren«.

Das Ganze wurde ordnungsgemäß unter Zwangsverwaltung gestellt.

Trotz seiner unendlichen Achtung vor der Französischen Republik war Benamou der Meinung, daß er, bevor alles in Staatsvermögen überging, er es der Erinnerung an Sylberstein schuldete, nach Erben selbst aus irgendwelchen entfernten Seitenlinien zu forschen.

Dieser fromme Entschluß tröstete ihn über seinen unfreiwilligen Beitrag zum Schweigen hinweg, das sich über die Angelegenheit gelegt hatte. Eine Öffentlichkeit zur Unzeit würde wohlmöglich die Meute der Erbschleicher auf den Plan rufen – schließlich war Hochstapelei nicht das alleinige Vorrecht der Anastasia Romanowa.

3

»Ein bißchen mehr Schwung, Sam! Sie tragen die Brautleute herein!«

Benamou umfaßte das Akkordeon fester und näherte sich dem Mikrophon. Diese verdammte Geschichte darf doch wohl nicht die Hochzeit von Deborah und David verderben.

»Los, Sam, ein wenig Pied-Noir, ein wenig Israel, und wenn sie richtig in Fahrt gekommen sind, schleuderst Du ein großes Masel Tov dazwischen!«

Der Partner von Benamou war beunruhigt. Normalerweise geriet der Ex-Bulle richtig in Ektase, wenn er *ia-a-ce shalom, ia-a-ce shalom, shalom ale-e-nu* sang. Dabei war alles da für ein schönes Fest, die Sonne beschien an diesem Spätsommertag die Hochebene von Gravelle und eine phantastische Ehe vereinte Deborah Attal, von Attal-Bekleidung, Rue d'Aboukir, mit David Finkelstein, dem Sohn von Finkel, Leder und Häute, Rue des Petites-Ecuries. Und David hatte gerade glänzend das Internat absolviert!

»Los, Sam, deinen Hit, ich putsch ihn auf mit dem Baß ...«

»O.k., los geht's ... Und man nennt mich den Orientalen, denn ich bin sentimental... los, alle zusammen...«

Er war nicht richtig bei der Sache, mußte sich fast zwingen. Dabei war das Publikum großartig! Eine echte Mischehe, aschkenasisch-sephardisch, sie hatten sich für das Orchester Benamou und Blumenstein entschieden, Akkordeon und Geige, Algier und Lemberg! Die einen wollten *a jiddische Mame* hören, die anderen *et Paris tu m'as pris dans tes bras.*

Benamou und Blumenstein sprangen von einem Rhythmus zum anderen, macht nichts, Hauptsache, alle klatschen mit.

Mein Gott, sagte sich Sam, wenn ich einen Beruf daraus machen will, muß ich mich ranhalten. Er legte mit seinem Akkordeon los.

»Laß den Baß, Blum, und nimm deine Geige! Los... Zum Anheizen... *Jeruschalajim, Jeruschalajim*...«

»Und jetzt«, schrie er, »ein Lied für alle... die Wus-Wus, die Schwartz', Warschau, Bab el Oued, los, alle auf die Tanzfläche und tragt das Brautpaar, ich singe es euch sogar auf jiddisch, aber ja, Frau Finkelstein... *Russen kale Masel Tov*... und alle tanzen! Was glaubt ihr denn? Sam und Jankel, das ist Couscous-Musik mit gefillte Fisch! Es gibt keinen Unterschied! Kinder aller Länder, aller Häute, das Glück lacht euch heute!...

Und jetzt der russische Tanz! Wir singen es für euch, wo ich Kalinka gelernt habe, ich? Im Casino von Deauville spielt immer das gleiche Orchester! Und wißt ihr, warum man sich nach Osten wendet, um zu beten? Weil man in Vincennes bessere Chancen hat als in Deauville! Was wollt ihr jetzt? Rock 'n' Roll? Nein? Aha, ihr wollt, daß der alte Herr Finkelstein mit mir zusammen singt. Einverstanden, ans Mikro, Großvater, und Beifall! Ob ich *Otschi-tschornie* kenne? *Popadi!* Und ob er das kennt, der Sam!«

Großvater Finkelstein sang mit einer ganz ungewöhnlichen Stimme, er sang Melodien aus dem Osten, und Sam Benamous Hände zitterten, als er ihn begleitete ... Dann noch einige rituelle Gesänge, und *da capo*, und noch einmal und wieder von vorn. Endlich die Pause, mit ein wenig Disko aus dem Synthesizer.

Sam hatte auf diesen Augenblick gewartet. Der alte Finkelstein hatte sich vor einen Teller mit Heringen und sauren Gurken gesetzt. Sam nahm sich vom Buffet ein Glas Wodka, bevor er zu ihm ging.

»Glückwunsch, Herr Finkelstein! Was für eine Stimme!«

»Nun ja! Als ich war noch jung, ein Mikro braucht ich nicht!«

»In welche Synagoge gehen Sie? Rue Julien Lacroix?«

»Ich? Rie Jilien Lacra? Nie im Leben ... Ich habe meinen Platz Rie de la Victvare, in der großen Sinagoge!«

»Oh, verzeihen Sie ... Aber Sie stammen doch aus der Ukraine?«

»Das heißt, da wo ich war geboren, das war Bukowina, wißt ihr ... grad' über Bessarabien, aber dann sind wir gegangen nach Ukraine, aber da waren die Pogrome, und dann waren wir in Polen und da sagte man, Trotzki sollte Warschau nehmen aber er ist geschlagen worden, und zwischen den beiden Kriegen ich war Pole ... Ich hatte Glick ...«

»War es wirklich besser?«

»In Polen gab es eine großartige Sach': Häfen an der Ostsee mit Schiffen nach Frankreich! Ist doch was?«

»Ja, ... einerseits ... Sagen Sie, Herr Finkelstein, ich hatte einen Freund, der kam aus Schmertzow ...«

»Ach, das ... ist auf der anderen Seite ... Das ist die Stadt, wo alle Jidden wurden massakriert!«

»Ja, ich weiß, 1944 ...«

»Vierundvierzig? Oh nein. Vierundvierzig hat man Jidden massakriert überall, nur nicht in Schmertzow, da bin ich sicher!«

»Sollten die Nazis die Juden von Schmertzow verschont haben? Aber warum denn?«

»Nein, nein, nicht das hab' ich gesagt ... doch da war keiner nicht mehr, ein Jid. Hitler konnt' sie nicht töten, die Jidden, weil das hatten die Banden von Petliura schon gemacht ... 1919!«

»1919?«

»Ja, da bin ich sicher, 1919, ein Pogrom ... während des Bürgerkrieges, da waren Armeen von allen Seiten, ukrainische Nationalisten, Weißrussen, Kosaken ... Dann kamen die Anarchisten, dann die Bolschewiken ... Aber in Schmertzow fanden sie nur noch Leichen!«

»Es gab keine Überlebenden?«

»Keinen ... Wenn ihr Freund wirklich von dort kummt, dann ist er gegangen viel frieher ... Die Leite aus den jiddischen Dörfern war entweder die einen bei Machno, die anderen bei den Bolschewiken. Die Kliegsten sin aufs Schiff gegangen, in Odessa!«

»Mein Freund kam nach dem Krieg ...«

»Was? Sie meinen nach dem zweiten Krieg? A Jid der

hätt können verlassen die Ukraine? Das ist unmeglich ... Oder er hat gearbeitet für die Russen!«

Sam kippte seinen Wodka hinter, wie ein echter Russe, und warf sein Glas hinter sich mit dem Ruf *Masel Tov.*

»Vorsicht«, sagte Finkelstein, »Sie schulden uns noch eine Stunde Lieder!«

»Eben«, antwortete Sam, und griff sich die Flasche vom Buffet.

Er ging auf die Bühne zurück, völlig betrunken. Er schwitzte und trieb die Hochzeit mit Wahnsinnsrhythmen an. Vom Wodka getragen war er an diesem Abend ein genialer Musiker, ein schwarzer Jude, ein Jazzsänger, der virtuos vom Blues zu den chassidischen Rhythmen, von der Java zum Rock 'n' Roll wechselte. Die Hochzeitsgesellschaft konnte und konnte nicht genug bekommen, und Benamous Akkordeon vollbrachte Wunder.

Spät am Abend ließ er sich von einer dieser falschen alten Jungfern, die man bei jüdischen Hochzeiten trifft, zu Hause absetzen. Alleinstehend, in Wirklichkeit eine Exfrau der Sechziger Jahre, die bei jeder Familienfeier von Gewissensbissen gequält wird, sah dann doch ohne große Schwierigkeiten ein, daß man an einem solchen Abend keinen verheirateten Mann vernascht.

Rachel Benamou schlief. Sam spülte seinen Kater mit schwarzem Kaffee hinunter und versuchte, eine Bilanz zu ziehen. Simon Sylberstein hatte ihn belogen, ihn, seinen letzten Vertrauten. Und wenn dieser Mord nichts als eine banale Abrechnung und diese SS-Geschichte nur ein ungeheuerlicher Bluff war, um Bullen, Staatsanwalt und Geschworene zu erweichen? Ein Opfer, das aus Ostdeutschland gekommen war, ein Schuldiger, dem es gelungen war, unauffällig die UdSSR nach dem Krieg zu verlassen ...

Trotz der späten Stunden beschloß er, sofort Rabbi Isaac Asher, den Rabbiner der Rue Julien Lacroix, anzurufen.

Da er seit langem an Schlaflosigkeit litt, beschwerte sich Rabbi Asher nicht über die Störung. Im Gegenteil, er liebte es, nachts zu plaudern.

»Rabbi, hier ist Sam Benamou ... Können Sie mir etwas über Simon Sylberstein erzählen?«

»Sam der Bulle? Was kannst du denn von Simon wollen?«

»Wie denn, Rabbi ... Wissen Sie nicht, was passiert ist?«

»Ich bin gestern aus Israel zurückgekommen. Was hat Ihnen Simon getan? Er ist ein sehr großzügiger Mensch!«

»Er war«, sagte Sam.

»War? Ist er nicht mehr großzügig?«

»Das ... weiß niemand! Er ist tot.«

»Und wenn du dich darum kümmerst, dann ist er nicht eines natürlichen Todes gestorben!«

»Gewissermaßen doch ... Aber vorher hat er jemanden getötet ...«

»Dann ist alles normal, er hat getötet, er ist tot ... Weißt du, Sam, das ist wie eine Gleichung, ein Kontobuch, geführt vom Ewigen ... Unsere Tora ist so gemacht: Saul wird bestraft, weil er gegen David Unrecht tat, aber am Todestag von Saul weiß David, daß Unglück in seinem wunderbaren Schicksal auftauchen wird, und so wird er die Kränkung durch seinen Lieblingssohn Absalon erleiden müssen, der selbst ...«

»Hören Sie, Rabbi, ich rufe Sie nicht an, um einen Telefon-Talmudkurs zu nehmen!«

»Da hast du Unrecht, der Talmud kann dir sicher helfen!«

»Ich weiß nicht, was mir helfen kann ... Ich will verstehen, warum ein geachteter Geschäftsmann, ein Greis, auf einen Deutschen losballert und behauptet, das war der SS-Mann, der das Massaker von Schmertzow geleitet hat, wo doch das Massaker 1919 stattfand!«

»Vielleicht gab es zwei Massaker? Du mußt wissen, ein Pogrom, und noch eins, so genau nahmen die das dort nicht ...«

»Nein, Rabbi, nein ... das paßt nicht! Sylberstein hat mir schreckliche Einzelheiten geschildert. Er hat mir von den Saurer-Lastwagen berichtet ... Er hat die Szene bis ins einzelne beschrieben und seine Aussage nochmals durchgelesen!«

»Das ist ein wenig seltsam, in der Tat! Aber ... Weißt du ... was ist nicht seltsam? Ich werde nachdenken. Kannst du morgen vormittag in die Synagoge kommen?«

Sam begriff, daß sie beide eine schlaflose Nacht haben würden. Er fühlte sich weniger einsam und lächelte einen Moment lang bei dem Gedanken an den Witz von einem, der seinen Gläubiger mitten in der Nacht anruft, um ihm zu sagen, daß er die am nächsten Tag fällige Rate nicht bezahlen kann. So wird auch der nicht schlafen können!

Als er sich umdrehte, sah er, daß Rachel aufgestanden war. Einen Augenblick lang schmeichelte er sich, ein Mann mit Geschmack zu sein, sie war immer noch schön, fünfundzwanzig Jahre danach. Und der Zorn stand ihr so gut.

»Jetzt, da du Musiker bist, spielst du den Bullen, und als du Bulle warst, spieltest du den Musiker!«

»Wer hat dir gesagt, daß ich nicht mehr Bulle bin?«

»Braucht man mir nicht zu sagen, ich weiß das auch so!«

»Stimmt«, seufzte Sam, »die jüdischen Frauen haben einen siebten Sinn, zusätzlich zum berühmten sechsten, denn es wäre zu einfach, bei einer geraden Zahl stehenzubleiben, entweder sieben oder fünf, auf keinen Fall sechs! Vielleicht verdankt der Mossad es den jüdischen Frauen, daß er so stark ist!«

»Sam, in deiner Geschichte sind Opfer und Täter tot! Was willst du da noch suchen?«

»Was ändert das? Ich weiß nicht, ob das Motiv das wirkliche Motiv ist. Und ich weiß auch nicht, was dieser ehemalige SS-Mann im Laden eines Überlebenden von zwei und vielleicht sogar von drei oder vier Massakern zu suchen hatte! Sollte man zweimal die Juden der gleichen Stadt umgebracht haben können? Ich begreife nichts von diesen Leuten aus dem Osten. Wir sind einmal aus Algerien weggegangen. Aber nicht zweimal. Denen erzählst du von einer entsetzlichen Schlachterei, sie erzählen dir von drei, vier und mehr, und noch schlimmeren! Wie soll ich wissen, ob die richtige Version die von Finkelstein oder die von Sylberstein ist ... Und dieser SS-Mann, war der wirklich bei der SS? ... Er hatte zwar eine Tätowierung ... aber das beweist nichts!

»Du bist kein Bulle mehr, oder? Also hör auf ... Die Geschichten von Aschkenasim sind nichts für uns. Die müssen immer alles noch komplizierter machen! Hast du dir mal die Grenzen Israels auf einer Karte angeschaut? Da hast du genau ihren Geist. Und du weißt, daß die aschkenasischen Frauen ganze Tage in der Küche verbringen können, um Karpfenkugeln zu machen, die nach nichts schmecken. Also, vergiß es!«

»Hör mal, heute abend habe ich *wenn de rebbe tanzt* gesungen, sogar der alte Herr Finkelstein hat mich zum Ehrenaschkenas erklärt! Blumenstein konnte es nicht fassen. Ich werde es also schaffen! Ich muß mich vom Geist des Ostens durchdringen lassen ...«

»Dich vom Geist des Ostens durchdringen lassen, du? Du bist nicht mal in der Lage, zwei Dinge zugleich zu tun!«

»Na und?«

»Versuch mal zu seufzen und dabei mit dem Kopf zu nicken, da wirst du's sehen!«

Sam hörte den Krach einer zugeschlagenen Tür. Und ein anderes Geräusch, das eines Schlosses. Rachel hatte sich schlafen gelegt, sie hatte abgeschlossen. Das kam sehr ungelegen, denn für Sam war das beste Heilmittel immer noch ein guter Ehekrach. Seit vielen Jahren schon kam Rachel nicht ohne Schreie und Beschimpfungen aus, und nachdem der Zorn verraucht war, wurde sie zur wunderbarsten Geliebten. Doch heute nacht würde wohl nichts daraus werden.

4

Rabbiner Isaac Asher ähnelte seiner Synagoge. Er war, wie das alte Bauwerk, ein Überbleibsel des anderen Belleville, dem der Flüchtlinge aus dem Osten, der kleinen Schneider, die neben ihrer Nähmaschine schliefen. Der Geruch von sauren Gurken und eingelegten Heringen war in der Rue Ramponneau seit langem verflogen. Es gab zwar einige irreführende Kaftane, einige ultraorthodoxe Juden, gekleidet wie die Chassidim in Polen, die sich große Mühe gaben, jiddisch zu lernen, aber sie kamen wie alle anderen aus Marrakesch oder Sfax. Rabbi Asher hatte sich dort, lange noch bevor der Hang der Courtilles sich in einen weiten grauen Betonblock verwandelte, niedergelassen; bevor auf der anderen Seite des Hügels diese neuen Gebäude emporschossen, die nun die Rue des Envierges, die Rue Piat und die Rue Julien Lacroix niederdrückten. Der alte Rabbiner hatte nicht mehr das gleiche Publikum wie früher. Er mußte sich anstrengen, das Hebräische in der Art der Leute aus dem Süden auszusprechen. Wenigstens flohen sie nicht vor dem Gottesdienst, um rote Fahnen zu schwenken, wie die drei Generationen davor! Aber mit ihnen war es auch nicht möglich, stundenlang Paradoxa auf jiddisch auseinanderzunehmen. Die aus dem Osten gekommenen Gläubigen verschwanden einer nach dem anderen: für Rabbi Asher zeichnete sich mit dem Tod von Sylberstein eine Zukunft ab, die ihn vielleicht allein inmitten der Leute aus dem Süden zurücklassen würde. Oh ja, sie glaubten mit Inbrunst, wie Benamou, der, wenn er die Synagoge betrat, eine Kippa aufsetzte und die Mesusa küßte. Sie neigten sogar leicht zum Übereifer, wenn sie jeden Feiertag überschwenglich begingen. Rabbiner Asher hatte sich schon lange damit abgefunden, auch wenn er sich nie an die Youyou-Rufe während der Hochzeiten, den Brit Mila oder einer Bar Mizwa hatte gewöhnen können.

»Ich habe nachgedacht, Sam ... die ganze Nacht lang!«

Sam hing an den Lippen des Rabbiners.

»Du erinnerst dich an die Pessach Haggada, nicht wahr?«

Der Ex-Inspektor unterdrückte einen Anflug von Unmut. Es war immer das Gleiche mit den Rabbinern! Das ging schon seit Moses so! Die Menschen hatten Tage und Nächte auf dem Sinai, den Hängen eines ausgedörrten Berges, auf ihn gewartet, um sich sagen zu lassen »liebe deinen Nächsten, begehe keinen Ehebruch«. Aber Moses hatte wenigstens die Ruhe des siebten Tages erfunden, die schönste menschliche Errungenschaft, und man hatte noch einmal fünftausend Jahre warten müssen, bis endlich ein würdiger Sohn des Moses kam, Leon Blum, der die Ruhe verdoppelte und den bezahlten Urlaub dazutat. Was wollte der Rabbiner also mit seiner Geschichte aus mosaischen Zeiten?

»Wenn wir die Geschichte der Versklavung in Ägypten erzählen, sagen wir, ›wir waren Sklaven‹. Wir sagen nicht ›unsere Vorfahren‹, sondern ›wir‹. So, als ob jede Generation die Pyramiden gebaut, das Rote Meer durchquert und die Tora empfangen hätte. Deshalb also konnte Sylberstein sagen, daß er das Massaker von Schmertzow 1944 gesehen hat, während seine Nächsten lange vor seiner Rückkehr in die Stadt ermordet worden waren. Für uns existiert die Zeit nicht, und die Toten werden alle gemeinsam auferstehen, in den messianischen Zeiten, die Toten aller Epochen werden eintreten in das Himmlische Jerusalem, als wären sie am Vorabend eingeschlafen, und du wirst gehen mit dem Vater deines Vaters und den Kindern deiner Kinder ...«

»Ja, aber«, unterbrach Sam, »er hat Einzelheiten genannt, die Szene beschrieben, er saß mir gegenüber, in meinem Büro, er hat seine vor einem hinreichend autorisierten Offizier der Kriminalpolizei gemachten Aussagen nochmals gelesen ... Es war doch nicht so, als ob er Manischtana sang!«

»Woraus bestanden die Ziegel, als wir die Pyramiden bauten?«

»Aus Lehm und Stroh!«

»Du siehst, du kennst die Einzelheiten ... Und zu welchem Zeitpunkt sind wir ausgezogen?«

»Als der Todesengel die Erstgeborenen in Ägypten schlug und unsere Häuser verschonte.«

»Siehst du, daß du dabei warst!«

»Aber Rabbi, Simon Sylberstein hat mir nicht von einem Pogrom von 1919 erzählt ... er hat mir ein Nazimassaker erzählt, mit Lastwagen und schwarzen Uniformen!«

»Wie alt war er während des Pogroms? ... Zwei Jahre, glaube ich? Unter dem Schock der Tat konnte er die vergrabene Erinnerung und die bewußte Erinnerung durcheinanderbringen ... Du hast alle diese Geschichten aus Büchern gelernt, Samuel. Wenn du wüßtest, was alles in *a jiddische kop* vorgeht ... Bei den Leuten, die diese Dinge erlebt haben, kann immer alles passieren!«

»Das ist eine Erklärung ... aber das gibt uns nicht das Motiv des Verbrechens! Sylberstein behauptet, Rudi Stoltz, einen ehemaligen SS-Angehörigen, erkannt zu haben und ihn, ohne überhaupt nachzudenken, abgeknallt zu haben.«

»Ja und? Nicht nur in Schmertzow konnte ein Jude einen SS-Mann sehen! Vielleicht fand das Massaker von 1944 woanders statt, in einem anderen Dorf? Vielleicht sah er auch, angesichts der Lage, überall SS-Leute ... Es war spät, ein Typ tritt in den Laden ein, ruft etwas auf deutsch, Simon sieht die Vergangenheit wieder auftauchen ...«

»Daran hab ich auch gedacht ... aber das haut nicht hin. Simon kannte die genaue Identität seines Opfers, bevor ich die Papiere der Leiche an mich genommen hatte. Vielleicht sah er überall SS-Leute, ich jedenfalls habe in meinem Leben nur einen gesehen. Er ist an einem Kopfschuß gestorben. Darum geht es uns doch, oder nicht?«

»Na ja«, sagte Rabbi Asher.

»Alles, was ich von Rudi Stoltz weiß, ist, daß er Deutscher war, aus der Generation der SS ... Aber normalerweise hätte ich die Behauptungen von Sylberstein überprüfen müssen ...«

»Wenn du bei einem Juden zu Gast bist, nimmst du an, daß die Nahrung koscher ist, richtig? Du gehst nicht in die Küche, um nachzusehen!«

»Rabbi ... es geht um einen Mord!«

»Einen Nazi töten ... das nennst du einen Mord?«

»Ja ... so ist das Gesetz. Selbst wenn mildernde Umstände vorliegen ... Jetzt erzählen Sie mir etwas über Sylberstein«, sagte Sam, der seinen Inspektorenton wiedergefunden hatte, mit fester Stimme.

»Wann haben Sie ihn kennengelernt?«

»Daran kann ich mich sehr gut erinnern! Es war 1950. Er wollte Hebräischunterricht bei mir nehmen.«

»Er sprach kein Hebräisch?«

»Nein, das ist aber nicht ungewöhnlich bei sowjetischen Juden, wie man damals sagte. Er ist in der kommunistischen Schule groß geworden, in der UdSSR, zu Stalins Zeiten. Hebräischunterricht war da eher selten! Und dann hat er viel durchgemacht ... während des Krieges ... er ist in den Bergen umhergeirrt ... er ist lange in einem psychiatrischen Krankenhaus der amerikanischen Armee gepflegt worden ...«

»Psychiatrisch? War er verrückt?«

»Warum verrückt? Er war ein Jude, nicht wahr? Wir sind alle *ein bissele meschugge!* ... Stimmt ja ... du verstehst ja kein jiddisch ... Wir sind alle ein bißchen verrückt ... Und Simon konnte sich nicht mehr ganz erinnern, er war, wie sagst du, amnesisch oder irgend so etwas. Aber wenn er in der Tora lernte, kam alles zurück ... Bei uns gibt es ein Sprichwort: ›Man kann das Gesetz nur demjenigen lehren, der es schon kennt! ...‹«

»War er fähig zu töten? Denn ... seine Tat scheint Sie nicht zu überraschen!«

»Warum verbieten uns die Gebote zu töten? Weil jeder Mensch töten kann. Hast du nie die Frau deines Bruders begehrt?«

»Die meines Bruders bestimmt nicht. Die meines Cousins, das ist etwas anderes. Aber ich spreche von einem Mord! Wenn alle Typen, die die Frau des Nachbarn vernaschen könnten, Mörder wären, gäbe es kein Problem von Überbevölkerung!«

»Jeder kann töten. Und Simon war im Krieg.«

»Was hat er Ihnen darüber erzählt?«

»Nichts Besonderes ... Er erinnerte sich an bestimmte Dinge, und andere blieben verworren ... Er hatte gelebt wie andere auch, einige Zeit im Gulag verbracht, dann hat man ihn freigelassen, dann hat er gekämpft, dann fand er sich im brennenden Europa wieder ... Nein, da ist nichts Ungewöhnliches, bis auf den Umstand, daß er bis zu diesen Tagen am Leben geblieben ist.«

»Rabbi, ich möchte nur eins wissen!«

»Das ist unmöglich!«

»Aber ich habe Ihnen doch noch gar nicht gesagt *was*!«

»Na und? Es ist nicht möglich, nur eine, eine einzige Sache zu wissen, weil keine Sache einzig ist. Eins ist der Ewige. Und nur der Ewige ist eins. Jeder Teil der Schöpfung erklärt sich aus mehreren anderen: Wer nur eine Sache zugleich sucht, kann nichts finden.«

»Rabbi! Ich versuche herauszufinden, wann und wo Simon Sylberstein zum ersten Mal Rudi Stoltz begegnet ist. Dann werde ich vielleicht wissen, warum Stoltz ermordet wurde!«

»Ja, das ist besser ... Du suchst eine Sache, um eine

andere zu verstehen! Also muß du in zweierlei Weise suchen: Einerseits muß es noch Leute geben, die Sylberstein früher gekannt haben, andererseits, woher kommt dieser Stoltz?«

»Aus Berlin!«

»Aha, das ist gut. Denn es gab zwei Berlin. Und in dem einem oder dem anderen, vielleicht in beiden, gibt es Leute, die ihn kannten. Vielleicht wirst du in der Familie oder unter den Bekannten des Opfers den Mörder verstehen.«

»Sagen Sie mal, Rabbiner, Sie sprechen ja wie die Lehrer in der Polizeischule!«

»Ich? Ich habe in der Jeschiwa von Radom studiert, vor langer Zeit... aber du, du solltest nach Berlin fahren, so schnell wie möglich...«

»Danke für den Ratschlag, Rabbiner, doch dafür brauchte ich Sie nicht... Sagen Sie, Rabbi, haben Sie viele Juden kennengelernt, die nach dem Krieg die Ukraine oder Rußland verlassen haben?«

»Sylberstein hatte viel Glück... Er hatte seine Einheit verloren, er fand sich bei den Amerikanern wieder.«

Der Rabbiner widerlegte in wenigen Worten die Hypothese des alten Finkelstein. Nein, er konnte sich Simon nicht als falschen Flüchtling vorstellen, der für den sowjetischen Geheimdienst arbeitet. Was sollten die mit einem Trödler?

»Und außerdem«, fügte er seufzend hinzu, »damals brauchten die Russen keinen ukrainischen Juden nach Belleville zu schicken... Es gab auch so genug Kommunisten!«

Sam kam zu dem Schluß, daß er von Rabbiner Isaac Asher nicht mehr erfahren würde. Er nahm noch einen

Ratschlag an und versprach, eine Anzeige in den israelischen Zeitungen sowie im New Yorker *Jewish Chronicle* zu veröffentlichen.

»Jede Person, die Simon Sylberstein, geboren am 27. November 1917 in Schmertzow (Ukraine), näher oder entfernt gekannt hat, wird gebeten, dringend mit Rabbiner Isaac Asher, Rue Julien Lacroix, Paris, XX. Bezirk, Kontakt aufzunehmen.«

Sam Benamou beschloß, inzwischen in die alte Reichshauptstadt zu fliegen. Er ging in das erstbeste Reisebüro auf dem Boulevard de Belleville. Die hübsche Brunette hinter dem Tisch, die auf ihrem Busen einen Chai, das hebräische Zeichen für »Leben«, und einen Davidstern trug, verzog ihre Miene.

»Berlin? Warum denn das ... Wissen Sie, ich habe ein Superangebot für Tel Aviv!«

»Später, später ... Heute will ich nach Berlin fliegen!«

»Was habt Ihr denn alle? Ständig verkaufe ich Tickets nach Berlin! Dabei biete ich Ihnen 40% Ermäßigung für Tel Aviv!«

»Hören Sie, selbst wenn Sie mit mir fliegen würden, würde ich nicht nach Tel Aviv reisen ... Also buchen Sie mir bitte den nächsten Flug nach Berlin!«

»Haben sie keine Lust auf Prag? Da würde ich mich Ihnen gern anschließen.«

»Hören Sie, ich habe schon eine jüdische Frau ...«

»Hab ich mir fast gedacht ... Sie widern mich an. Wenn Aschkenasim nach Berlin wollen, ist das wenigstens aus Heimweh. Die Schwartz' suchen die großen Blonden ... Dreißig Prozent für Stockholm, sagt Ihnen *das* zu?«

Der koschere Ex-Bulle erhielt schließlich ein Ticket für den Nachmittag, so daß er noch genug Zeit hatte, bei der Berufsvertretung der Altwarenhändler, Lumpensammler und Schrotthändler vorbeizuschauen. Dort kannten alle Sylberstein, ohne irgend etwas über ihn zu wissen. Ein Ästhet und Liebhaber von Porzellan, der seinesgleichen suchte, wenn es darum ging, ein seltenes Stück zwischen einem Haufen alter Bügeleisen und Aluminiumkochgeschirren herauszupicken. Man wußte weder etwas von Verwandten noch Bekanntschaften. Nur Lieferanten und Kunden, die nicht die Spur einer nützlichen Auskunft geben konnten. Der alte Simon war hart aber korrekt bei Geschäften, mehr wußte man dort nicht von ihm.

Sylberstein war gewiß nicht sehr gesprächig gewesen, und sein vermutlich längstes Gespräch war das Verhör nach dem Mord.

Im Flugzeug wußte Sam nicht so recht, was ihn dazu trieb, der Sache nachzugehen, abgesehen von den Zweifeln, die der alte Finkelstein ihm an diesem Hochzeitsabend in den Kopf gesetzt hatte. Von Rabbiner Asher hatte er absolut nichts über jenen Mann erfahren, den dieser seit zweiundvierzig Jahren kannte! Das Leben Sylbersteins schien dort stehengeblieben zu sein, wo es hätte enden sollen, wenn nicht eine Reihe von Zufällen ihm erlaubt hätte, ein Überlebender zu werden. Man wußte nichts über ihn, nur daß er zu abendlichen Treffen ging, wo man Talmudstudien trieb und Tausende Fragen stellte, ohne sich je dafür zu interessieren, woher jemand kam noch wer er sei.

Die Polizeiakten, die Benamou nach dem Drama befragt hatte, sagten auch nicht mehr. Wie bei jedem

Trödler hatte sich die Steuerprüfung auch mit Sylberstein befaßt, doch seine Buchführung war einwandfrei. Der kleinste Türknopf war festgehalten. Er war auch einmal beobachtet worden, als die Spürhunde der Kripo ein Netz von Hehlern ausheben wollten. Doch er konnte die Herkunft von jedem Stück in seinem Trödel nachweisen. Ein solch vollkommenes Inventar hatte man im Altwarenhandel noch nicht gesehen! Sylbersteins Bücher waren sorgfältig geführt, er schrieb mit einer Schreibfeder, mit Ab- und Aufstrichen. Die Untersuchungsbeamten der Steuerfahndung und ebenso der Kripo hatten sich tausendmal entschuldigt, nachdem sie diese vorzüglichen Bestandslisten gelesen hatten, in denen alles aufgeführt war. Alles, bis auf die Tatwaffe, aber sie war nicht Teil des Warenlagers: das Heft, in dem Waffen und Militaria aufgelistet waren, erwähnte einige Helme, Käppis und Polizeimützen aus dem ersten Weltkrieg, einen Posten rostiger Säbel und Schwerter, den er bei einem pensionierten Waffenmeister erworben hatte, einige unbrauchbare Jagdgewehre und den unvermeidlichen Berg von Spaten und Kanistern, den er von den Amis gekauft hatte. Warum hätte Sylberstein die Luger erwähnen sollen? Es war schließlich ein Erinnerungsstück. Ein gepflegtes Erinnerungsstück, mit einem gut gefüllten Magazin. Doch wollte man jeden Geschäftsmann belangen, der eine nichtregistrierte Waffe in der Nähe seiner Kasse versteckt, würde sich die Krise des Kleinhandels sofort in eine nationale Katastrophe verwandeln.

5

Das also war Berlin! Nach seiner Ankunft hatte Sam ein kleines Hotel in der Nähe vom Kurfürstendamm gefunden, in einer Straße, die nach Schweinebraten roch. Dann hatte er sich auf die Suche nach der Leipziger Straße gemacht. Man mag zwar sagen, die Mauer sei verschwunden, doch manche Straßen liegen unleugbar immer noch in Ostberlin. Auch wenn die Nutten die Oranienburger Straße in Besitz genommen haben und die Dealer und Transvestiten sich um den Alexanderplatz, in der Nähe des Palasts der Republik tummeln … Die Straßen im Osten sind immer noch grau, trotz des unvermeidlichen Vormarsches der Neonlichter und der Fastfood-Restaurants.

Die Schaulustigen auf der Oberbaumbrücke und am ehemaligen Check Point Charlie, der rege Verkehr auf der Glienicker Brücke an der Grenze zu Potsdam, wo einst die Spione ausgetauscht wurden, zwingen Erinnerungen auf und verdrängen sie zugleich. Ob mit oder ohne Mauer, die Leipziger Straße ist nach wie vor eine Ostberliner Straße, in der einst Privilegierte der DDR-Hauptstadt wohnten; ein fast wohlhabendes Viertel, ein Eden des Ostens!

Sam wollte in der Vergangenheit des SS-Mannes Rudi Stoltz herumstöbern, der inmitten des Krempels eines Trödlers in Ménilmontant ermordet worden war, und fand sich in einer Straße wieder, aus der der ostdeutsche Kommunismus noch durchsickerte.

Die Dinge stellten sich recht einfach dar: in der Nummer 27 der Leipziger Straße stand ein Name auf dem Briefkasten. Stoltz, Rudolf , 2. Stock, Tür 247. Man brauchte nur eine Treppe mit Betonschwellen hinaufzugehen und zu klingeln. Sam war darauf gefaßt, eine Alte vorzufinden, taub und stumpfsinnig, die Überreste einer Person, die früher die Uniform des Bundes Deutscher Mädchen getragen hatte. In dem langen Gang roch es nach Kohl: der typische Geruch der Städte des Ostens, von Schiltigheim am Niederrhein bis Saratow an den Ufern des Dons – über Europa lag ein dichter Kohlgeruch.

Sam wurde sich bewußt, daß er ohne Waffe losgefahren war, daß es unvorsichtig war, doch er klingelte trotzdem.

Die Tür öffnete sich und gab den Blick frei auf das doppelseitige Mittelbild des *Playboy*. Eine große Blonde mit auffallenden Brüsten unter einem blauen Hemd, das bis zum Rand des Höschens hinunterreichte und Beine sehen ließ, die einer Marlene Dietrich, natürlich, würdig gewesen wären. Stoltz hatte eine Tochter, fünfundzwanzig, höchstens. Daran war nichts ungewöhnlich. Vielleicht hatte der alte Nazi das genetische Verfahren zur Vervollkommnung der arischen Rasse entwickelt, und sie war das letzte Modell, das den Tempel der perfekten Reproduktion verlassen hatte.

Sam brachte kein Wort hervor. Er zog seine alte Polizeimarke hervor, sicher, sich noch solange zur Pariser Polizei zählen zu dürfen, bis alle Bullenschaften Europas endgültig miteinander verschmolzen wären.

»Ich bin Judith Stoltz«, sagte sie, und bat ihn einzutreten.

Judith! Er hatte mit Gudrun, Greta, Lily-Marlen, Walküre oder sogar Eva gerechnet, wie Hitlers Braut, aber Judith!

»Judith Stoltz? Er ... hat Sie Judith genannt?«

»Was ist daran seltsam, Judith zu heißen? ... Sie gestatten, daß ich etwas überziehe?«

»Es ist bestens so ... Ist das eine Uniform, die Bluse?«

Judith wies auf das Emblem am Ärmel. Drei Buchstaben: FDJ.

»Meine FDJ-Bluse ... Freie Deutsche Jugend!«

»Das überrascht mich nicht ... Sie ziehen das an, um Asylantenheime in Brand zu setzen?«

»Wie denn? Sie kennen dieses Hemd nicht?«

»Nein«, sagte Sam, der sich eine Ansammlung blonder Jugendlicher vorstellte, die am Abend vor einer Kristallnacht Fackeln tragen.

»Das war das Hemd der kommunistischen Jugend der DDR ... Jetzt dient es mir als Bademantel.«

»Sie waren Mitglied der kommunistischen Jugend?«

»Ja, wie alle ... Aber ich glaubte daran ... Ich hatte sogar eine Funktion in der Pionierrepublik Wilhelm Pieck am Werbelinsee ... Ist das vielleicht ein Verbrechen? Sie sollten sich lieber um die Nazis kümmern!«

»Deshalb bin ich hier ... Ich versuche den Mord an Ihrem Vater zu verstehen, Fräulein Stoltz!«

Das Fräulein legte ihren Stolz ab. Sie ging in die Küche, kam mit zwei Flaschen kühlen Biers zurück und hob einen reizenden Slip auf, den sie ohne Scham vor Sam überstreifte. Das war noch schlimmer als ihre nackten Beine. Einen Augenblick lang amüsierte sie Sams Verwirrung, dann ging sie mit einem Lächeln, das ihn vollends aus der Fassung brachte, an ihm vorbei und schloß sich im Bad ein. Benamou nutzte die Gelegenheit, um den Raum zu inspizieren, ein gewöhnliches Wohnzimmer mit einer firnißglänzenden Schrankwand, wertlosen Sesseln, einem Fernsehapparat, einer Stereoanlage. Im Bücherregal standen die Ausgewählten Werke von Marx und Engels neben einem Foto von Judith als junger Pionier: Blonde Zöpfe, rotes Halstuch, blauer Faltenrock. Judith kam zurück, geschminkt und mit einem engen T-Shirt: auf der Brust lächelte Mick Jaegger. Sam ergriff eine zornige Lust, alles sausenzulassen, schließlich war er auch Sänger und er konnte sich gut vorstellen, den Platz von Mick Jaegger einzunehmen. Er jedenfalls hätte bestimmt nicht *I can get no satisfaction* gesungen!

Sie ließ sich in einen Sessel fallen und begann, ihre langen blonden Haare zu kämmen. Sam glaubte die Lorelei persönlich zu sehen, so wie er sie sich im Deutschunterricht vorgestellt hatte, im Lycée Michelet in Algier. Solche Blondinen waren eher selten in Bab el Oued; es gab zwar einige Gebleichte, mit Haarknoten á la Bardot, aber reich an goldhaarigen Gretchen war Algerien nie gewesen. Judith war eine echte Barbiepuppe in Lebensgröße. Aber wenn Vater Stoltz wirklich ein Kumpel von dem anderen Barbie, dem Klaus, gewesen war, dann sollte Sam lieber die in Wellen über den Rücken fallenden blonden Haare und mehr noch diesen Slip vergessen, der zu gut einen entzückenden, dreieckförmigen Hügel hervortreten ließ.

Er sagte sich, es wäre besser, die Routinefragen zu stellen.

»Fräulein Stoltz, wissen Sie, was Ihr Vater in Paris wollte?«

»Urlaub machen ...«

»Kannte er jemanden?«

»Vielleicht ... ich weiß nicht ... Er hatte nicht die Gelegenheit gehabt, viel zu reisen. Aber er hatte einige Freunde, an den verschiedensten Orten, in seinem alten Beruf.«

»Was für ein Beruf?«

Sam spürte, wie seine Aggressivität zurückkehrte. Miststück, das nannte sie einen Beruf.

»Mein Vater war Parteifunktionär!«

»Welcher Partei?«

»Es gab hier nur eine wichtige, die SED, die Sozialistische Einheitspartei Deutschlands ...

Die kommunistische Partei, wenn es Ihnen besser gefällt!«

»Seit wann war Ihr Vater Kommunist?«

»Sind Sie bei McCarthy ausgebildet worden? Ich schäme mich meines Vaters nicht! Wir waren so stolz hier, vor dieser Scheißannexion durch das kapitalistische Deutschland! Mein Vater war der Genosse Rudolf Stoltz, illegaler Kämpfer in der Nazizeit, in die Sowjetunion geflohen, in der Schule für Parteikader ausgebildet, 1952 nach Berlin zurückgekommen!«

»Ach ja! Deshalb trug er eine Nazitätowierung, VRF, in gothischen Buchstaben auf der Brust!«

»Nazi ... VRF? Wissen Sie, was das heißt?«

»Nein«, sagte Benamou, der zunehmend große Lust hatte, die Wahrheit mit ein paar Ohrfeigen ans Tageslicht zu bringen. »... Vielleicht ›Vive la République française‹ – oder eher doch ›Ein Volk, ein Reich, ein Führer‹!«

Judith Stoltz brach in Gelächter aus.

»Was für eine Phantasie! Darauf kann nur ein französischer Polizist kommen! Nein, das hieß ›Volk! Die rote Fahne!‹ Ein Treueschwur, als sich die proletarischen Massen von Hitler verblenden ließen!«

»Sind Sie sicher?«

»Kein Zweifel ...«

»Erlauben Sie mir, mich in den Sachen Ihres Vaters umzusehen?«

»Die Berliner Polizei hat schon alles durchsucht. Fühlen Sie sich wie Zuhause.«

Benamou durchwühlte die Schränke, in denen dicke Anzüge hingen, wie man sie früher gern östlich der Mauer getragen hatte. In den Schubfächern fand er Mitgliedsausweise der SED, verschiedene persönliche Erinnerungen, darunter einige nach dem Krieg in Moskau aufgenommene Fotos. Sam interessierte sich besonders für eine Gruppenaufnahme, eine Art Klassenfoto für Erwachsene, auf dessen Rückseite stand: Moskau, Jahrgang Ernst Thälmann. Stoltz saß in der ersten Reihe, seine Prothese vorgestreckt.

»Kennen Sie diese Männer?«

»Natürlich«, sagte Judith, mit den Schultern zuckend. »Der da in der Mitte, mit dem Bärtchen, das ist Walter Ulbricht! Neben ihm ist Doktor Keller, der Lehrer für Marxismus-Leninismus. Die anderen sind alle führende Parteifunktionäre geworden, Minister der DDR ... Das Foto wurde in der Parteischule aufgenommen, gleich nach dem Krieg. Die deutschen Emigranten in Moskau arbeiteten für die Wiedergeburt der Partei ... Die sich nicht verstecken, könnten Ihnen aus dem Leben des Kommunisten Rudi Stoltz einiges erzählen.«

Sam legte enttäuscht das Bild zurück. Es lohnte sich nicht, alte ostdeutsche Kommunisten zu befragen. Sie würden nichts Genaues sagen. Was das Gesetz des Schweigens betrifft, ist der Kommunismus eine noch furchtbarere Schule als die Cosa Nostra. Der Ex-Inspektor notierte einige Namen und sogar Adressen, die Judith ohne große Umstände mitteilte. Dann begann er wieder mit großer Sorgfalt in den Dingen zu suchen.

Judith schaute ihm zu, wobei sie eine Marlboro nach der anderen rauchte. Sie hatte alles akzeptiert, ganz einfach. Das Verhör, die Durchsuchung. Dabei war Benamou absolut illegal hier und Judith hätte ihn sehr gut rauswerfen können, ohne irgendeine Frage zu beantworten. Sie wollte im Gegenteil alles sagen, alles zeigen. Ohne zu wissen warum, begnügte sich Benamou damit, das Zimmer von Rudi Stoltz und die Nebenzimmer zu durchsuchen, wobei er das Zimmer des jungen Mädchens absichtlich ausließ. Sicher lag das auch am Parfum. Und außerdem hatte er genug Papierkram und alte Broschüren gesehen, die die Modernisierung des Rostocker Hafens und die Wunder der Braunkohleproduktion rühmten.

»Da ist nichts von vor 1945«, seufzte Benamou.

»Nein, natürlich nicht ... Er hat kein Erinnerungsstück aus der Vorkriegszeit wiedergefunden. Mein Vater war zur Wehrmacht eingezogen worden. Die Nazis hatten seine Tätigkeit nicht entdeckt. Auf sowjetischem Territorium ist er desertiert, er ist auf die andere Seite gelaufen.«

»Und die Russen haben ihn mit offenen Armen empfangen? Das waren doch eher mißtrauische Leute, nein?«

»Die sowjetischen Genossen haben ihn zuerst interniert ... Doch sobald sie ihn erkannt hatten, haben sie ihn in ihren Geheimdienst integriert.«

»Und sein Bein? Ist es von ganz allein abgefallen?«

»Er wurde bei einem Bombenangriff verletzt. Man mußte es vor dem Eintreffen des Medizinertrupps amputieren ... die Menschen haben viel gelitten, auf sowjetischer Seite ...«

»Ich weiß ... Aber entschuldigen Sie ... Es kommt selten vor, daß jemand, den man unter Notbedingungen amputiert, noch in der Lage ist, fünfundzwanzig Jahre später Kinder zu machen!«

»Aha! Da haben wir's! Bin ich wirklich seine Tochter? Ich meine, ja ... Aber da Sie alles wissen wollen ... Rudi Stoltz hat eine arme sitzengelassene Frau geheiratet, deren Liebhaber in den Westen gegangen war! Hübsch, nicht? Ich war sechs Monate alt, als sie sich kennengelernt haben.

»Wer könnte Ihre Version bestätigen? Ihre Mutter vielleicht ... sie müßte wesentlich jünger sein als er ...«

»Sie *war* jünger als er, aber sie ist 1989 gestorben ... ein Opfer der Maueröffnung ...«

»Wieso? Ist sie von der Menge totgetreten worden?«

»Fast ... ein Zusammenstoß auf der Autobahn. Zwischen einem Mercedes und einem BMW hatte ihr Trabant keine Chance!«

»Wirklich kein Glück, wirklich kein Glück«, murmelte Benamou. »Sehen Sie, der Mann, der ... nun ... der Mann, der Ihren Vater umgebracht hat, schwor, daß er ein Nazi gewesen sei und er ihn wiedererkannt habe!«

»Dieser Mann log.«

Die Stimme von Judith Stoltz war nun sehr ruhig, entschlossen. Sie wollte nicht nur das Andenken ihres Vater verteidigen; sie schien völlig aufrichtig. Und warum sollte sie sich an eine kommunistische Legende klammern, in einem Deutschland, das sich doch selbst noch bemühte, die Erinnerung an die DDR auszulöschen? Dennoch versuchte Benamou ohne große Überzeugung, die Version von Simon Sylberstein zu verteidigen. In Wirklichkeit bedauerte er es, in einer Geschichte herumgewühlt zu haben, die doch so einfach schien.

»Ich glaube Ihnen, Fräulein Stoltz ... Aber ich glaube auch, daß Sylberstein ehrlich gewesen ist. Er war ein ukrainischer Jude ... er war sich sicher, ihn wiedererkannt zu haben. Können Sie mir einen oder zwei alte Bekannte Ihres Vaters nennen, Freunde ...«

»Ich habe Ihnen schon alle Adressen genannt ... Die meisten alten Freunde meines Vaters sind am 9. November 1989 irgendwohin verschwunden ... Sie hatten zu viel Angst, als ehemalige Stasimitarbeiter denunziert zu werden ... aber warten Sie ... Er hatte eine Schwester, in Westberlin. Ich habe sie einmal gesehen, das hat mir genügt ... Eine alte Spießerin, reaktionär, kaum zu glauben, wie verschieden die Leute sein können, in ein und derselben Familie ... Sehen Sie, es wird immer Mauern geben zwischen den Deutschen!«

»Sah Ihr Vater sie oft?«

»Für ihn existierte die andere Seite nicht. Er war Bürger der DDR und hatte mir nie von dieser Schwester erzählt, die in Westberlin lebte. Sie hat sich mir bei der Beerdigung meines Vaters vorgestellt. Am Grab war sonst fast niemand. Ein Inspektor der Kriminalpolizei, zwei Freundinnen von mir und die Frau eines ehemaligen Stasioffiziers, der selbst im Gefängnis sitzt. Diese alte Hexe tauchte am Schluß auf und behauptete, meine Tante zu sein. Sie hätten gern ihre Adresse, nehme ich an?«

Judith holte aus ihrem Zimmer ein kleine Visitenkarte, so eine, wie man sie an Automaten von Drugstores selbst machen konnte. Sam steckte die Karte ein.

»Danke ... Ich werde mal hingehen, man kann ja nie wissen ... Wenn Ihnen noch etwas einfällt, ein noch so kleines Detail, können Sie mich in meinem Hotel erreichen ... Und ... wie auch immer, ich würde mich sehr freuen, Sie wiederzusehen.«

»Das ist nett von Ihnen! Aber ich habe gerade meinen Vater verloren, falls Sie es nicht wissen sollten!«

»Mein herzliches Beileid«, quetschte der Ex-Inspektor zwischen den Lippen hervor.

Als er die Betontreppe hinunterstieg, versuchte Sam, sich auf die Untersuchung zu konzentrieren. Er hörte eine sanfte Stimme, die wisperte:

»Sie sind mir doch nicht böse, Inspektor?«

»Nein, es geht schon, danke«, sagte Sam, ohne sich umzudrehen.

Das grenzte schon an Folter. Judith begleitete ihn noch im Treppenhaus und faßte ihn sogar am Arm.

»Sagen Sie bitte ... Sie glauben dem doch nicht, diesem Kerl, der behauptet, meinen Vater wiedererkannt zu haben ...«

»Ich weiß nicht ... als er sich selbst stellte, schien mir alles völlig durchsichtig. Aber je mehr ich nachforsche, desto weniger verstehe ich! Und ... Sie sind mir keine große Hilfe!«

Judiths Gesicht verschloß sich wieder. Benamou sah sie leicht besorgt an. Sie war der blaue Engel, er lief Gefahr, zum Hampelmann zu werden. Er wollte sie nicht mehr ansehen, nicht weich werden.

»Ich würde Ihnen gern helfen«, sagte sie trocken, »aber Sie haben vorgefaßte Meinungen!«

Der Inspektor zog die Schultern hoch und stürzte die Treppe bis zur Eingangstür des Gebäudes hinunter. Er floh, ohne sich umzudrehen.

Draußen atmete er tief einige Züge Berliner Luft ein, bevor er sich endlich umwandte. Judith stand in der Tür. Benamou setzte sein bulligstes Gesicht auf, um ihr entgegenzutreten.

»Wenn Sie etwas vergessen haben, jetzt ist der richtige Moment ...«

»Ich habe nichts vergessen«, flüsterte sie, »... Versprechen Sie mir nur, mir alles zu sagen.«

Ein wenig überrascht machte der Inspektor alle denkbaren Versprechen, er hatte es eilig, sich von diesem Bild der Versuchung loszureißen.

6

Benamou ging die Leipziger Straße entlang, dann durch einige Straßen des Viertels bis zur Spree. Nichts erinnerte mehr an die Schikanen und die Wachtürme. Einige Jungs spielten DDR-Flüchtling und Volkspolizist mit spritzenden Wasserpistolen, und beschimpften sich dabei ausgiebig. Sam las nochmal die Namen durch, die er notiert hatte, und aus Pflichtbewußtsein beschloß er mit einem der raren alten Kommunisten, die sich nicht in Luft aufgelöst hatten, Kontakt aufzunehmen. Sein Auge fiel auf einen Doktor Keller, der mitten in Ostberlin wohnte, in der ehemaligen Stalinallee, die unter Chruschtschow auf den Namen von Karl Marx umgetauft worden war.

Der Mann befand sich in der Mitte des in Moskau aufgenommenen Fotos, er war der Marxismuslehrer von Stoltz gewesen ... Vielleicht wußte er etwas über diese Vergangenheit, die sich in Judiths Erzählungen zu einer Legende verwandelt hatte. Die schweren Gebäude aus den fünfziger Jahren schienen die Wiedervereinigung der Stadt nicht zur Kenntnis zu nehmen. Das Verschwinden des alten Regimes ließ sich an der Fülle der in den kleinen Läden aufgehäuften Lebensmittel und vor allem am Verfall erkennen, der das ehemalige Zentrum der DDR für die Aufnahme in den Klub der Armenviertel des Abendlandes empfahl. Willkommen bei den Minguettes des Ostens! *Graffiti-Sprayer aller Länder, vereinigt euch!*

Sam fand ohne große Mühe, was er suchte: eine einfache Adresse, Karl Marx Alle 18, Aufgang D, Wohnung 412. Er war nur überrascht, eine Mesusa am Türsturz der Nummer 412 zu finden, der Wohnung des genannten Ernst Keller. Sam berührte den Gegenstand mit dem Finger, bevor er klingelte. Ein Greis erschien, der schöne Kopf eines Intellektuellen, eines deutschen Juden, mit weißen Haaren auf einem gelichteten Haupt. Der Mann sprach ausgezeichnet französisch, und als der Inspektor sich vorgestellt hatte, führte er ihn in eine Wohnung voller Bücher, Gemälde und kleinen Statuen. Wäre nicht der Ausblick gewesen, man hätte auch irgendwo in Saint-Germain-des-Près sein können.

»Sie scheinen überrascht, Inspektor!«

»Nein, nicht allzusehr … Sie sind doch Doktor Keller?«

»Doktor … Wie man's nimmt … Es gibt nicht mehr viele, die mich Doktor nennen! Die Traditionen gehen verloren.«

Benamou sah sich die Regalreihen mit Werken in allen möglichen Sprachen an. Überall, wo die Bücher einen Platz an der Wand frei ließen, waren Zeichnungen und Gemälde zu sehen: einige Skizzen von Paul Klee, ein kleiner Kandinsky und afrikanische Kunstgegenstände, die bestimmt nicht von fliegenden Händlern stammten.

»Ich wußte nicht, daß die führenden Kommunisten die Gegenwartskunst lieben«, sagte Benamou, um seine Verwirrung zu überspielen, »und ich wußte auch nicht, daß sie Mesusot an ihren Türen anbringen!«

»Oh, es ist noch nicht lange her, daß ich eine Mesusa angebracht habe... eine Rückkehr zu den Ursprüngen! Bei meinen Eltern war eine an der Tür... vor der Kristallnacht. Und was die moderne Kunst betrifft, bin ich ihr nie untreu geworden. Ich bin ein alter Häretiker...«

Keller zeigte Benamou eine mit Fotos überdeckte Korktafel. Man konnte Keller in einer zerbombten Straße sehen, in Gesellschaft von Brecht und den Schauspielern des Berliner Ensembles. Es gab auch Fotos, die in allen Ländern des ehemaligen kommunistischen Blocks aufgenommen worden waren. Keller in Peking, wie er Chu En Lai DDR-Künstler vorstellt, und 1961 in Moskau mit einer Delegation, die den sowjetischen Genossen für den wirksamen Schutz dankte, den sie der Deutschen Demokratischen Republik gewährt hatten. Dann zwei neue Abzüge nach alten Aufnahmen.

»Das sind die einzigen Andenken an die alte Zeit... Die erste Aufnahme wurde in Berlin im Herbst 1932 aufgenommen, in der Volksbühne... Die letzte Versammlung der Intellektuellen gegen die Nazis... Es war eine ungewöhnliche Versammlung zusammengekommen... Aber es war zu spät, der SA-Terror herrschte bereits... Das andere Foto ist Paris, Salle Pleyel... Ende '36... Der junge Mann, der von der Tribüne spricht, das bin ich. Ich berichte über das, was ich hier gesehen habe... Sehen Sie diese mir zugewandten

Gesichter? Da ist Malraux, dort sind Aragon und Jean-Richard Bloch ... Ich war kein Kommunist im Sinne eines Apparatschiks, ich war ein Kämpfer der dreißiger Jahre, den Malern und Schriftstellern der Avantgarde verbunden ... Und in der Politik war ich vor allem ein Bewunderer von Rosa Luxemburg ... nichts zu tun mit dem Dogmatismus ...«

»Sie haben aber trotzdem Stoltz die reine Lehre vermittelt!«

»Stoltz? Ja, natürlich ... Und allen anderen ... Aber das war nach dem Krieg ... Wir wollten aus den Deutschen neue Menschen machen, wie man damals sagte ... Deutschland hatte vor Hitler existiert. Das war ein anderes Land, wissen Sie ...«

Keller begann mit einer neuen Abschweifung, er wollte unbedingt seine Jugend während der Weimarer Republik erzählen, an die Schriftsteller und Künstler erinnern, die er damals gekannt hatte. Fast hätte er angefangen, die Dreigroschenoper zu singen oder das Gesamtwerk von Thomas Mann zu zitieren. Benamou ließ ihn eine Weile erzählen, bevor er die Konversation energisch wieder auf den Punkt brachte.

»Wann haben Sie Stoltz kennengelernt? Während des Krieges? In der Sowjetunion?«

»Während? Nein, es war danach. Ich bin im Dezember 1945 nach Moskau gekommen. Welche Dummheit! Statt Franzose zu werden ...«

»Sie waren in Frankreich?«

»Es ist mir gelungen, '36 nach Frankreich zu gehen. Hier war ich alles, was die Nazis liebten! Ich war Jude, Kommunist ... und ich war ein Intellektueller ... Ich studierte Architektur im Bauhaus ... Sie sehen: Klee,

Kandinsky ... das waren meine Lehrer! Ja, ich hätte ein Pariser Intellektueller werden sollen ... Aber die Partei ...«

Es gelang Benamou nicht, Keller zu unterbrechen, der seine Geschichte erzählte und sich in Details verlor. Er war 1939 in die Fremdenlegion eingetreten, fand sich in Bir Hakeim wieder, hatte in Afrika gekämpft und war in der Provence gelandet, dann war er zum ersten Mal in französischer Uniform nach Deutschland zurückgekommen.

»Und dann war ich hinter dieser Mauer! Welche Dummheit ... Ich hatte den Kontakt zur Partei verloren, deshalb hatte ich in den Reihen des Freien Frankreichs gekämpft ... Aber 1945 wollte ich unbedingt meinen Genossen helfen. Sie baten mich, in Moskau zu unterrichten, um die Kader für ein neues Deutschland auszubilden. Das war ein gewaltiges Vorhaben!«

»Wer waren diese Kader?«

»Eine Mischung ... Einige Kommunisten, die überlebt hatten. Und Kriegsgefangene, die man in den sowjetischen Lagern fand.«

»Welche Art von Gefangenen? SS-Angehörige?«

»Im Prinzip nicht ... Ich habe lange geglaubt, es wären Verleumdungen aus Bonn oder der Amerikaner, diese Geschichte über alte SS-Mitglieder in der DDR! Aber ja, es gab wirklich welche! Ich habe tatsächlich für Nazis, die von unseren Kaderauswahlkommissionen weißgewaschen worden waren, Marxismus gelehrt. Es war nicht meine Sache, ihre Vergangenheit zu überprüfen. Und ohne ihre Uniformen waren SS-Leute von anderen nicht zu unterscheiden!«

»Die Leute, die aus Ihrer Schule kamen, waren also

von ihrer Vergangenheit reingewaschen worden. Gab es denn nie irgendwelche Zwischenfälle? Unter ihnen waren doch verantwortliche Kommunisten aus der Vorkriegszeit; die mußten doch wissen, daß diese Typen, die die Russen aus ihrem Hut zogen, keine Engel waren!«

»Ich selbst hatte vor dem Krieg Funktionen ... Aber wir waren Illegale, Emigranten ... Alle mißtrauten allen. Wenn man mir in Moskau einen Genossen vorstellte, der illegal gegen die Nazis gekämpft hatte, gab es keinen Grund zu zweifeln. Und dann, '45 ... es blieben nicht viele deutsche Kommunisten übrig. Wir wollten neue basteln aus denen, die nicht zu sehr geprägt waren ... Einige Jahre später haben wir die DDR mit diesen ehemals in Rußland gefangenen Soldaten geschaffen.«

»Gehörte Rudi Stoltz zu ihnen? War er einer von diesen SS-Leuten, denen Ihre Genossen zu einer neuen Vergangenheit verholfen haben?«

»Ich glaube nicht ... Er war ein sehr guter Schüler, in Moskau. Sehr mutig. Er war verwundet worden, er lernte neu zu laufen. Wir sagten, er ist das Symbol des vom Nazismus zerbrochenen Deutschland. Aber ich habe nie gehört, daß er bei der SS gewesen wäre. Man hat ihn mir als Wehrmachtsdeserteur vorgestellt. Ein einfacher Soldat, der seinen Überzeugungen treu geblieben war.«

»Glauben Sie, daß er mit nur einem Bein desertieren konnte?«

»Er ist vermutlich danach verwundet worden ...«

»Ja, das behauptet seine Tochter ... Aber der Mann, der Stoltz getötet hat, vertrat eine ganz andere Version.«

Benamou erwähnte Sylberstein und seine Gewißheit, einen Kriegsverbrecher wiedererkannt zu haben. Keller hörte sehr aufmerksam zu.

»Das passierte in der Rue de Bagnolet? Komisch ... Ich habe dort gewohnt, vor dem Krieg. Rue de la Chine ... Aber sehen Sie, ich frage mich, ob da nicht noch etwas anderes ist. Stoltz war ein Mann des MfS ... Übrigens verdanke ich ihm meine Ruhe ... Er war ein ziemlich offener Typ ... Ich wurde '68 offiziell aus Gesundheitsgründen abgeschoben ... man hat mich auf Rente gesetzt. Ich leitete die Abteilung Ideologie im Zentralkomitee. Wissen Sie, das ist immer der Platz des Juden, in einer kommunistischen Partei ... Ich wurde als Revisionist eingestuft, aber dank Stoltz hat man mich nur in die Rente geschickt!«

»Stoltz hatte einen derartigen Einfluß?«

»Er war eine Art Politkommissar innerhalb der Stasi ... Ich nehme an, er hat mich geschont, aus Achtung vor seinem alten Lehrer ... Ihr Sylberstein hat sich bestimmt geirrt ... Es sei denn ...«

Keller machte eine Pause, dachte einen Augenblick nach.

»Unsere Dienste hatten alle möglichen Aktivitäten. Sie mußten Devisen beschaffen, im Westen ... Sie hatten ihre Leute ziemlich überall. Ihr Trödler gehörte vielleicht zu ihnen ... Aber das ist nichts als eine Vermutung ... Nach dem Fall des Regimes handelten viele ziemlich kopflos ... Die, die im Westen arbeiteten, begannen, auf eigene Rechnung weiterzumachen, übernahmen die Geschäfte, die sie für unsere Dienste aufgebaut hatten. Stoltz ist vielleicht nach Paris gefahren, um sich seinen Teil zu sichern.«

»In der Buchhaltung von Sylberstein gibt es keine Spur irgendwelcher Unregelmäßigkeiten!«

»Die Buchhaltung eines Trödlers! ... Aber Sie haben mir doch selbst gesagt, daß dieser Sylberstein ein ukrainischer Jude war, dem es nach dem Krieg gelungen ist, nach Frankreich zu kommen? Ich finde das etwas eigenartig ... Er hätte auf der Seite der Alliierten sein müssen ... denn in den von der Roten Armee befreiten Gegenden war es nicht so einfach, wieder wegzukommen.«

»Sie sind doch den Weg in umgekehrter Richtung gegangen!«

»Ich war ein Freiwilliger. Meine Papiere waren in Ordnung, ich hatte ein sowjetisches Visum. Ich bin ganz normal in Le Havre aufs Schiff gegangen, Richtung Leningrad ... Aber in die andere Richtung ... für Ihren Sylberstein muß das eine tolle Odyssee gewesen sein!«

»Was wollen Sie damit sagen?«

»Die sowjetischen Dienste waren damals sehr stark. Er war vielleicht einer ihrer Leute.«

»Hören Sie, wenn das wahr ist ... er mußte wirklich sehr stark sein ... Ein friedlicher Händler, dessen einzige Abwechslung die Synagoge war ... Und vierzig Jahre lang soll er unauffällig für die Sowjetunion oder die DDR gearbeitet haben?«

»Warum nicht! Vor allem wenn es um Geld ging, darum, diskrete Kanäle zu schaffen, um Schätze auf westlichen Märkten zu verhökern!«

»Aber was hatten Sie denn zu verkaufen? Ich dachte, bei Ihnen fehlte es an allem!«

»Ja ... uns fehlten oft wesentliche Dinge ... Aber wir

haben uns verschiedene Sammlungen geraubter Güter gesichert ... Gemälde, Möbel, Kunstgegenstände. Die deutschen Juden hatten einen sehr guten Geschmack! Die DDR beschaffte sich Devisen, indem sie das verkaufte, was die Nazis gestohlen hatten ... Es gab ein Netz von Trödlern und Antiquitätenhändler in Frankreich. Rudolf Stoltz kümmerte sich um diesen Handel ...«

»Sind Sie sicher?«

»O ja ... Ich war sein Berater ... So konnte ich auch nach meinem Ausschluß aus der Partei leben.«

»Nehmen wir an, Sylberstein hätte mit diesen Geschäften zu tun gehabt. Das erklärt nicht unbedingt das Motiv des Verbrechens!«

»Es gibt zwei Möglichkeiten. Zunächst die Aufteilung der Überreste unserer armen DDR. Die letzten Posten, die im Umlauf waren, enthielten Werke von großem Wert. Und Stoltz besaß bestimmt die Karteien all derer, die für das Netz gearbeitet hatten ...«

Benamou war nicht ganz überzeugt. Für Ernst Keller konnte Stoltz nicht ein ehemaliger Angehöriger der SS sein, da mußte noch etwas anderes sein, und der alte Mann beharrte mit Überzeugung darauf.

Der Inspektor verabschiedete sich und fragte an der Türschwelle Keller nach seiner Meinung über die Tätowierung von Rudi Stoltz.

»Wissen Sie, Tätowierungen waren im Deutschland der dreißiger Jahre sehr modern. Meiner Ansicht nach sind beide Interpretationen falsch. F. steht sicher für Fräulein oder Frau, V. und R. sind vielleicht Initialen ... Oder irgend etwas über Frauen ... Aber das hat nichts mit einer Nazitätowierung oder einem roten

Schwur zu tun... Ich glaube eher an einen Liebesschwur, Inspektor.«

Benamou unterdrückte einen Wutausbruch. Warum lag Keller so sehr daran, das Andenken an Rudi Stoltz zu schützen? Sicher, die Bücher von Sylberstein waren tatsächlich zu gut geführt. Das Heft mit den Gemälden enthielt eine Klassifizierung nach Rahmen. Die Statuen waren nach ihrem Material geordnet: Gips, Bronze, Holz, manchmal Elfenbein, aufgetrieben im Keller irgendeines Kolonialbeamten. Sam begann, seinen Rücktritt zu bedauern. Judith Stoltz und Ernst Keller hatten seine Gewißheit ernsthaft erschüttert. Er spürte eine große Lust in sich aufsteigen, gegen diese Ostjuden loszuwettern, gegen ihre Geschichten, die nie einfach sein konnten. Er kam zu dem Schluß, daß die alte Stalinallee wirklich nicht der geeignete Ort für eine solche Abrechnung sei. Der Himmel wurde zunehmend grauer, nahm die Farbe der Häuser an. Er lief noch einen Augenblick auf der pompösen Avenue entlang, bevor er ein Taxi rief, um sich auf der anderen Seite des Brandenburger Tores absetzen zu lassen.

7

Benamou hatte es nicht eilig, das alte Schwesterlein Stoltz auszufragen. Und er hatte seit dem während des Lufthansafluges servierten kleinen Imbiß nichts zu sich genommen. Nichts als ein Schluck Bier bei Judith. Wie kann man in Berlin etwas futtern, wenn man nur wenig von den Kaschrutregeln abweichen möchte? In den Gasthäusern gab es meistens nur eine beschränkte Auswahl zwischen Schwein mit Beilage und Beilage mit Schwein. Nachdem er einige Speisekarten überflogen hatte, auf denen das Wort »Wurst« immer wieder auftauchte, begab sich Sam in Richtung Kreuzberg, wo er besetzte Häuser in der Nähe der ehemaligen Mauer vermutete, in der Hoffnung, irgendeinen Schuppen von vegetarischen Ökofreaks zu finden. Doch er verlief sich, landete wieder in der Zoogegend und fragte nach dem Kudamm. Wenn schon nichts Vegetarisches, würde er vielleicht Fisch finden, mit Schwimmflossen und Schuppen. Obwohl den Deutschen zuzutrauen war, den Fisch in Schweineschmalz zu braten. Schließlich fuhr er mit dem Bus Nummer Hundert und fand sich erneut im Osten wieder, diesmal nach einigen Wanderungen in der Nähe des ehemaligen Scheunenviertels. Unweit der

Großen Synagoge fand er ein Restaurant mit einem Davidstern, garantiert Koscher, mit »K« geschrieben. Hier gab es, vom Rabbinat geprüft, Pastrami, Mixed Pickles und Gurken in der Auslage. Das war zwar nicht ganz nach dem Geschmack Benamous, der einem Couscous mit Zackenbarsch den Vorzug gab, doch immerhin. Und der Gastraum war gerammelt voll.

Sam ging an die Theke und bestellte sich geräucherten Lachs, den er kräftig mit Meerrettich bestrich, während er den Kellner ausfragte.

»Scheinst nicht aus Berlin zu sein!«

»Bestimmt nicht ... Hundert Prozent Sabra, geboren in Haifa!«

»Und was suchst du hier bei den Fritzen?«

»Deutsche Mark, was denn sonst!«

»Sag mal, gibt es so viele Juden in Berlin, daß es hier so voll ist?«

»Nein ... Das ist eine Mode. Dreiviertel der Kundschaft hier ist rein arisch! Sie kommen her, um koscher zu essen, sie lesen Singer und Saul Bellow, stürzen sich auf den letzten Woody Allen. Und siehst du die Bräute? Ich schaff es nicht mehr, all die großen Blonden zu vögeln! Du hast dunkle Haare, bist beschnitten, kannst haben, wen du willst. Sie glauben vielleicht, daß wir quitt sein werden, wenn ich in sechs Millionen blonde Mösen abgetaucht bin!«

Sam verzog angewidert das Gesicht und dachte dabei an seine morgendliche Erscheinung, an Judith, die er gern ein Viertelstündchen lang von Schuldgefühlen befreit hätte.

»Willst du ein paar Tips«, beharrte der Kellner. »... Ich kenne ein Lokal, da nennst du meinen Namen ...«

»Nein, danke ... ich hab zu tun!«

»Sag mal, es gibt doch bestimmt einen Ort ... Ich meine, irgendwas, wo sich die alten Fans von Adolf treffen ...«

Der Witzbold aus Haifa begann, Benamou mißtrauisch zu betrachten.

»Ich hab nicht gedacht, daß du auf schwul machst ... Willst du uns den Film ›Nachtportier‹ in Homoversion aufführen?«

»Bist auf der falschen Fährte, Kumpel ... Ich versuch nur die Geschichte eines Scheißkerls zusammenzukriegen, der sich hat abknallen lassen ... Es gibt doch solche Lokalitäten, wo ich seine alten Kameraden wiederfinden müßte.«

»Was willst du da? So wie du aussiehst? Wenn alle Juden so wären, hätten sie ihnen keine gelben Sterne anheften müssen ... stimmt alles: krauses Haar, der Zinken, sogar die Lippen.«

»Und dabei hast du nicht mal meinen Schwanz gesehen! Nun sag schon, wo soll ich hin ...«

»Für wen arbeitest du?«

»Auf eigene Rechnung, was geht's dich an!«

»Wenn du unbedingt willst, es gibt eine Bierkneipe, in einer vergammelten Gegend, in der Nähe von Moabit. Da find'st du alles, Skins und die Vorfahren mit ihrem Eisernen Kreuz unter der Weste.«

Sam notierte die Adresse auf einer Papierserviette, schluckte das letzte Stück Lachs und zwei Bier hinunter und bat darum, ungestört zu telefonieren. Ohne sich lange bitten zu lassen, ließ ihn der Kellner in das winzige Büro des Chefs eintreten, in dem die Wände mit Ansichtskarten aus Israel tapeziert waren. Der Inspektor erzählte Rabbi Asher von seinem Gespräch mit Judith Stoltz und fragte ihn, was er von der Hypothese Kellers hielt.

»Seltsam«, sagte Rabbi Asher. »... Sehr seltsam, denn Sylberstein hat der Synagoge verschiedene Gegenstände geschenkt ...«

»Was für Gegenstände?«

»Einen goldbestickten Vorhang, weiß du, der vor der Tora hängt ... Und alte Bücher, in hebräisch. Aber man konnte nach dem Krieg bei den Antiquitätenhändlern sehr viele jüdische Nippes und Bücher finden. Sylberstein kaufte ganze Posten ... Er wollte damit kein Geld machen!«

»Rabbi, glauben Sie, daß diese Sachen aus der Beute der Nazis stammen könnten, die die DDR beschlagnahmt und über Stoltz verscherbelt hat?«

»Nu ja ... Das ist möglich ... Aber Simon brauchte nicht nach Deutschland zu gehen, um den Juden gestohlene Gegenstände zu finden! Bei allen Concierges in Belleville gab es welche! Warte, bleib dran, ich sehe da was ... Ich seh' mir einige Bücher an ... Ja, da ... Eine sehr schöne Pessach Haggada ... Verlag für jüdische Kunst und Kultur, Berlin 1925 ... Und Maimonides, *Der More Nevuchim oder Führer der Unschlüssigen* ... Jüdischer Verlag, Berlin 1906 ... Fast alle Bücher kommen aus Deutschland ... Aber das hat nichts zu sagen ... Es gab auch deutsche Juden in Frankreich, und früher wurden in Deutschland verlegte Religionsbücher importiert ...«

»Rabbi, gehen Sie in die Synagoge hinunter und schauen Sie nach, ob etwas auf dem Vorhang ist.«

Sam lauschte eine Zeitlang dem Brummen des Telefons, bis endlich die Seufzer und das Gejammer von Rabbi Asher dem Hörer wieder näher kamen.

»Da hab ich den Vorhang ... Es steht etwas dahinter ... Da ist es ... Große Synagoge von Berlin, ich hatte einen Toravorhang von der Großen Berliner Synagoge und wußte es nicht ... Weißt du, die Synagoge hat in der Kristallnacht gebrannt ... Aber vielleicht hat jemand noch Zeit gefunden, Dinge zu retten ...«

»Oder zu plündern ... Komischer Typ, unser Sylberstein ...«

»Na und? Selbst wenn er einige Posten auf Rechnung Ostdeutschlands umgesetzt hat? Was ändert das?«

»Vielleicht alles, vielleicht nichts, Rabbi ...«

»Alles ist viel ... Und du weißt vielleicht, auf deutsch und auf jiddisch gibt es *ganz* und *alles* ... Das ist nicht wie beim französischen tout das gleiche. Was suchst du eigentlich?«

»Später, Rabbi, hier muß ich das Gespräch in Mark bezahlen!«

Sam hängte plötzlich den Hörer auf und entschloß sich, Judiths alter Tante ein wenig auf den Zahn zu fühlen.

Else Wagner, geborene Stoltz, wohnte in einem Villenviertel. Man hatte dort hübsche Häuschen gebaut, mit Terrassen, zu denen kleine Treppen hinaufführten. Man hätte sie für Vorkriegshäuser halten können, wäre Berlin nicht fast gänzlich zerstört worden.

Die Bemerkung des Kellners ging Benamou nicht aus dem Kopf. In der Eingangshalle des Gebäudes rückte er seinen Schlips zurecht und strich sein Haar nach hinten. Im vierten Stock klingelte er, sich sehr gerade haltend. Natürlich war es mißtrauisch ... das Schwesterlein. Sie gab irgend etwas wie »wer ist da« von sich, im Ton eines Berchtesgadener Wachtpostens.

»Französische Polizei«, bellte Sam.

Die Tür öffnete sich sofort, eine alte Eule in einem grauen Wollensemble, wie man es auf der französischen Seite der Vogesenlinie bestimmt nicht finden würde, bat Benamou einzutreten, der seine Polizeimarke zeigte, und seinen Namen dabei verdeckte.

»Treten Sie ein, mein Herr! Die französische Polizei ist bei mir immer willkommen!«

Sie führte Sam in ein Wohnzimmer voller Nippes aus Meißner Porzellan und Spieluhren aller Art.

»Ein Gläschen Schnaps?«

»Nein, danke, ich bin im Dienst«, log Sam.

»Oh ja ... Bei Ihnen ist der Dienst immer perfekt. Mein Mann hat mir nur das Beste von der Pariser Polizei erzählt. Er sagte: ich versteh' nicht, daß wir gegen diese Leute Krieg führen, wo wir doch wirklich dazu geschaffen wären, uns gut zu verstehen! Übrigens sind wir zu Lebzeiten meines Mannes oft nach Paris zurückgekehrt, und auch an die Côte d'Azur. Es ist sehr schön bei Ihnen.«

Sam war nicht sicher, ob er sich noch lange das Loblied auf die Effizienz der französischen Polizei unter deutscher Besatzung anhören wollte. Dann entschied er sich, korrekt zu bleiben.

»Herr Wagner hatte Glück! ... Damals war es besser, auf den Champs-Elysées als an der Wolga zu sein!«

»Ja, aber mein Mann hatte es verdient! Er war ein guter Offizier und ein guter Ingenieur! Und er sprach französisch genau so gut wie Sie!«

»Und Ihr Bruder?«

»Mein Bruder? Ich dachte, er sei in Rußland gefallen. Und dann habe ich sein Foto in der Zeitung gesehen.«

Else Wagner stand auf, um einen Presseausschnitt hervorzuholen, der in zehn Zeilen über den Tod von Stoltz berichtete. *Deutscher Tourist in Paris ermordet.* Der Artikel erwähnte nicht das Motiv und beschränkte sich darauf, daran zu erinnern, daß das Opfer wichtige Funktionen in der ehemaligen DDR eingenommen hatte.

»Seinen Bruder auf diese Weise wiederzufinden«, seufzte die Alte. »... Nach fünfzig Jahren ...«

»Sie haben nie etwas von ihm gehört?«

»Nein, niemals ... Sein letzter Brief stammt von 1943. Und dann nichts mehr. Und dabei lebte er ganz in der Nähe ... Andrerseits war das vielleicht besser so. Sie können sich nicht vorstellen, wie die Familien unter der Trennung gelitten haben!«

»Ihr Bruder war Kommunist ...«

»Nie im Leben! Mein Bruder, Kommunist! Rudi war ein ordentlicher und fleißiger Junge.«

»Aber ich versichere Ihnen ... Ich war heute morgen bei ihm ... Ich habe seine Parteiausweise und seine Fotos gesehen. Ich habe lange mit seiner Tochter gesprochen, die noch heute eine glühende Kommunistin ist.«

»Sie wurde bestimmt einer Gehirnwäsche unterzogen! Denn mein Bruder war immer treu, unserem Vaterland und unserem ...«

»... Führer?«

»Ja, Führer! Jedenfalls war das seine Meinung, damals.«

»In welcher Einheit diente er in Rußland?«

»In den Elitetruppen!«

»Sie meinen die SS?«

Sam fühlte sich erleichtert. Er hatte vielleicht zu Unrecht an Simon Sylberstein gezweifelt. Der alte Finkelstein faselte womöglich dummes Zeug und Keller konnte man nicht trauen, diesem seltsamen Dissidenten, der dank seiner Talente als Experte für Kunstschmuggel überlebt hatte.

Das zweite Leben von Stoltz in der DDR bewies nichts.

»Ja, die SS, na und? Sie haben doch auch die Legion, und die Fallschirmjägereinheiten ... Übrigens bewundernswerte Soldaten!«

»Frau Wagner, ich urteile nicht über die Geschichte, ich versuche zu verstehen, warum man Ihren Bruder ermordet hat. Haben Sie Fotos, Briefe, Andenken aufgehoben?«

»Ja, natürlich.«

Die Alte erhob sich, trug eine Holzkiste herbei, mit verschiedenem Kram, den man in den Familien sorgfältig hütet. Eine blonde Haarlocke in einem Briefumschlag, einen Geldschein mit dem Überdruck »Fünf Millionen Mark«, und das Porträt des Papas als Soldat 1914, mit einer Pickelhaube.

Dann sie, Else Stoltz, fünfjährig, mit einer kleinen Schürze und Zöpfen, dann später in der gutsitzenden Uniform des Bundes Deutscher Mädchen. Sam betrachtet das junge Mädchen in Uniform und dachte an die Bemerkung des Kellners und an die Bluse von Judith ... Eine große Blonde, ja, und in Uniform!

»Ach, da ist Rudi«, sagte sie, und breitete Fotos von einem Jungen in Lederhosen aus, dann von einem Schüler mit Ledermütze auf dem Kopf »... Bolschewik, mein Bruder«, murmelte sie, »Bolschewik! Ach, sehen Sie, da ist Rudi 1941 ... Sie sehen, er trägt die Uniform der SS ... Hinter ihm das Banner des SS-Kommandos Jung Siegfried ... Warum erzählen Leute solche Gemeinheiten ... Ein Bolschewik, er, warum nicht gleich ein ...«

»... Jude?«

»Ja, genau, am Ende wird man noch behaupten, mein Bruder war ein Jude! Ist er das, auf dem Foto, oder nicht?«

»Ohne Zweifel ... Können Sie mir das Bild überlassen? Ich werde Ihnen eine Vergrößerung machen lassen, wenn Sie es wünschen.«

Die Alte zögerte. Sie schien leicht verstört, und Benamou fiel es nicht schwer, ihr zu beweisen, daß man das Andenken an den guten Rudi von dem bösen Verdacht des Kommunismus reinigen mußte.

»Erinnern Sie sich an Freunde von ihm aus jener Zeit? Vielleicht leben manche noch?«

»Die meisten sind von den Russen ermordet worden ... Ich erinnere mich vor allem an den Obersturmführer Kraweniuk ... sie waren enge Freunde ...«

»Kraweniuk? Das war doch kein Deutscher!«

»Nein ... ein Ukrainer ... Aber rein arisch! Er ist hier aufgewachsen, in Berlin ... Seine Familie war vor den Roten geflohen ... Aber er ist tot. Seine Mutter hat nie eine Benachrichtigung erhalten, die Arme, sie hat bis '58 oder '59 gelebt, ich weiß nicht mehr genau ... Nein, es war ein guter Sohn, wenn er ihnen entwischt wäre, hätte seine Mutter etwas erfahren ... Selbst wenn er sich in Argentinien hätte verstecken müssen.«

»Und abgesehen von diesem Kraweniuk?«

»Aus der Gruppe Jung Siegfried selbst glaube ich nicht, daß irgend einer übrig ist ... Aber ehemalige Angehörige der SS, die Rudi vielleicht kannten ... Bestimmt. Sie bildeten eine Familie, wissen Sie ...«

»Daran zweifle ich nicht«, unterbrach sie Sam, und steckte das Foto in die Tasche.

»Sie werden mir die Vergrößerung schicken, versprochen?«

»Ja, Madame, Ehrenwort eines französischen Polizisten!«

»Oh ja, ich vertraue Ihnen. Leute, die ihr Wort halten ... und eine ausgezeichnete Polizei!«

Sam verabschiedete sich von Else Wagner, die sich mit Rührung an die Pariser Bullen erinnerte. Ehrenhafte und schlagkräftige Leute.

»Wenn alle Polizisten Europas wie Ihre Beamten gewesen wären, hätten wir den Krieg bestimmt gewonnen, Herr Inspektor.«

Diese Wahrheit ließ Benamou schaudern, und er stürzte die Treppe hinunter, als hätte er alle Meuten von René Bousquet an den Fersen. Nun hatte er endlich die Gewißheit, daß Stoltz sehr wohl der SS angehört hatte. Und im Gegensatz zur Annahme des koscheren Kellners ließ der Besitz einer Pariser Polizeimarke seine etwas semitischen Gesichtszüge vergessen. Ein echter Ariernachweis, dieser Ausweis aus dem Pariser Bullenstall. Sam dachte ergriffen an all diese braven Pariser Polizisten, die bei den deutschen Offizieren und ihren Witwen einen so großartigen Eindruck hinterlassen hatten. Er lief zurück zum alten Stadtzentrum, am Reichstag vorbei, und ging durch das Brandenburger Tor.

Ein verfrühter Herbstwind blies Unter den Linden. Sam atmete tief die etwas kühle Luft ein. Am liebsten hätte er sie erwürgt, die Alte, doch ihr war es zu verdanken, daß die Tat von Simon Sylberstein ihren Sinn zurückgewann. Er hatte Lust, zu Judith zu gehen, ihr die Wahrheit unter die Nase zu halten. Er sagte sich auch, daß er nun genug wußte, um nach Paris zurückzufahren, doch der seltsame Wunsch, die alten Nazis in ihrem Lieblingslokal zu sehen, war stärker. Vielleicht würde er endlich erfahren, was in Schmertzow geschehen war?

Sam schaute auf das alte Gebäude der Reichskanzlei, als er plötzlich etwas Hartes zwischen seinen Rippen spürte. Noch bevor er reagieren konnte, hörte er das vertraute Klicken von Handschellen, die sich über seinen Handgelenken schlossen. Einige Augenblicke später lag er auf dem Boden eines Wagens, sauber chloroformiert.

Als er im Schlaf versank, war ihm, als hörte er einen Befehl auf hebräisch, was doch etwas seltsam war.

8

Es war tatsächlich ein Befehl auf hebräisch, und Benamou hörte die Sprache Israels von Neuem, als er in einem unmöblierten Raum aufwachte. Er war nicht gefesselt und erhob sich, ein wenig überrascht, hörte dem Gespräch zu, dem er nicht viel entnehmen konnte, nur daß seine Bewacher ihm zusahen und jede Bewegung genau registrierten. Er suchte die Beobachtungskamera, entdeckte sie, stellte sich davor auf und ließ alle hebräischen Flüche, derer er sich erinnern konnte, vom Stapel. Zwei junge Leute, sonnengebräunt, mit Militärhemd und Kippa auf dem Kopf, stürzten in den Raum und richteten ihre Ouzi-Maschinenpistolen auf ihren Gefangenen. Ein wesentlich älterer Mann trat nach ihnen ein. Er trug einen tadellosen Anzug, mit einem dieser Hemden mit offenen Kragen, wie David Ben Gurion sie gern trug.

»Ich bitte Sie um Entschuldigung, Inspektor Benamou ... Ich bin Moshe Weizmann ...«

»Es ist mir egal, ob Sie Ezer Dayan oder Moshe Weizmann sind, sagen Sie mir, mit welchem Recht Sie mich einsperren! Bis zum Gegenbeweis bin ich immer noch französischer Staatsbürger!«

»Ich sperre Sie nicht ein ... Sie sind frei und können sofort gehen ... Wenn Sie aber wirklich mehr über Leben und Tod von Rudolf Stoltz erfahren möchten, sollten Sie bleiben! Ich glaube, wir können uns gegenseitig helfen.«

»Kommt es denn oft vor, daß Sie Leuten helfen, indem Sie sie entführen?«

»Das war die einzige Möglichkeit, Sie zu mir zu bringen ... Ich habe meinen Leuten gesagt, sanft mit Ihnen umzugehen ...«

»Mich entführen ... Mitten in Berlin!«

»Wir haben ja auch Eichmann entführt ...«

»Danke für den Vergleich ...«

»Nein, ich wollte damit sagen, daß unsere Technik der sanften Entführung sehr entwickelt ist.«

»Sie sind vom Mossad, nicht wahr?«

»Der Mossad kümmert sich wesentlich um Angelegenheiten, die mit Kriegen und Terrorismus zu tun haben. Wir sind eine Privateinrichtung: wir führen mit Hilfe der amerikanischen community die Suche nach alten Nazis weiter ...«

»Warum, funktioniert irgend etwas anders in Israel? Haben sie Erdöl gefunden?«

»Seien wir Freunde, Samuel ... Rabbi Isaac Asher hat mich gebeten, auf Sie aufzupassen!«

»Das wundert mich nicht ... die Rabbiner hören nicht damit auf, zu Gott zu beten, er möge auf die Juden achten ... Sie sehen das Resultat! Und wenn es nicht Gott ist, finden sie Typen, die einem eine Knarre zwischen die Rippen schieben, Handschellen anlegen und betäuben.«

»In dem Bierlokal der Nazis wären Sie anders behandelt worden. Zum Glück arbeitet der Kellner des koscheren Restaurants für uns!«

»Und Sylberstein, hat der auch für Sie gearbeitet?«

»Eben nicht ... Wir waren Stoltz auf der Spur ... Wir dachten, er würde uns zu größerem Wild führen ... Aber Sylberstein hat zu schnell abgedrückt!«

»Welches Interesse hatte Sylberstein, Stoltz umzubringen? Steckten sie zusammen in zweifelhaften Geschäften? Forderte Stoltz seinen Anteil an ich weiß nicht was, wie Ernst Keller mich glauben lassen wollte?«

Der Name des alten kommunistischen Funktionärs ließ Weizman lachen.

»Ernst Keller! Sie haben Ernst Keller verhört ...«

»Ja, und er ist es, der aus Stoltz einen tüchtigen Genossen Ostdeutschlands gemacht hat!«

»Natürlich! Aber Keller gehört zu den Leuten, mit denen sie stundenlang über Philosophie oder Malerei sprechen können. Der perfekte Typ des deutschen jüdischen Intellektuellen. Er spricht ein Dutzend Sprachen, er hat ein recht gutes Buch gegen Martin Heidegger geschrieben. Seine ehemaligen Genossen haben ihn zensiert, als er eine Studie über Paul Klee veröffentlichen wollte. Schließlich erschien das Buch in Hamburg. Es erreichte eine Auflage von gut dreihundert Exemplaren ... Aber bei einer Polizeiuntersuchung ist Ernst Keller nutzlos!«

»Er spielte aber eine wichtige Rolle in der DDR!«

»Bis 1968 herum gehörte er der Führung an, aber er war nur ein Ideologe. Er überwachte das Berliner Ensemble und die Herausgabe der Werke Bertolt Brechts ... Ihm ist es zu verdanken, daß das ostdeutsche Kulturleben etwas interessanter war als in manchen anderen kommunistischen Ländern. Es gab einige Schriftsteller, und man konnte die Musik von Kurt Weill oder Hanns Eisler hören. Aber was die wirkliche Politik betrifft, beschränkte sich Kellers Macht darauf, die grammatikalischen Fehler in den Vorworten Ulbrichts für die zahlreichen Bände der *Ausgewählten Werke* von Marx und Engels zu korrigieren.«

»Er war auch Experte für Kunstgegenstände ... die Stoltz absetzte, um Devisen einzubringen. Keller vermutet, daß der Trödler Sylberstein am Ende der Kette stand. Es ist eine Tatsache, daß er seiner Synagoge verschiedene Objekte geschenkt hat, und daß diese Objekte aus Deutschland stammen ...«

»Und Keller glaubt an eine Abrechnung? Ich würde beide Hypothesen verknüpfen. Nehmen wir an, Ihr Sylberstein hätte Geschäfte mit den Ländern Osteuropas gemacht. Es wäre erstaunlich, wenn er einen direkten Draht zu Stoltz gehabt hätte ... Diese Netzwerke waren sehr dicht ...«

»Hören Sie, Weizman, ich will gern Ihr Freund sein ... Allerdings müßten Sie mich ein klein wenig aufklären ... Zunächst, wer hat recht, was Stoltz betrifft? Nehmen wir an, Kellers Hypothesen sind falsch ... Dann hätte mir Sylberstein die Wahrheit gesagt und die alte Wagner auch. Aber abgesehen von einem undeutlichen Bild in Uniform habe ich nicht den geringsten Beweis!«

»Folgen Sie mir in den Vorführraum, ich werde Ihnen einige Dokumente zeigen ... Die Filme aus den Archiven der SS sind von erschreckender Deutlichkeit.«

Das Untergeschoß der Villa verbarg ein bestens organisiertes kleines Hauptquartier, das einen Kontrast zu den leeren oberen Etagen bildete. Weizman führte seinen Gast in einen richtigen Kinoraum. Benamou drückte sich in einen Sessel. Das Licht erlosch und das Symbol der SS erschien auf der Leinwand, während aus den Lautsprechern die Nazihymne ertönte.

Auf dem ersten Bild sah man eine Gruppe Männer und Frauen, die unter Bewachung der SS eine Grube aushoben.

Dann richtete sich die Kamera auf die Grube: die Opfer fielen unter dem Maschinengewehrfeuer. Ein klassisches Bild. Ein Schwenk auf den Maschinengewehrschützen Rudi Stoltz entriß dem Ex-Inspektor einen Fluch. Neben Stoltz sah man von hinten einen Offizier in schwarzem Ledermantel.

»Dieser«, sagte Weizman, »ist auf allen Filmen von hinten zu sehen ... Es ist der Obersturmführer Kraweniuk, der ranghöchste Ukrainer der SS Einsatzgruppen. Mehr noch: er genoß das Privileg, Deutschen Befehle zu erteilen. Das ist ein einmaliger Fall.«

»Man hat mir gesagt, er sei tot!«

»Das glaube ich nicht ... Kraweniuk befehligte den Sturm Jung Siegfried ... Von 1941 bis '44 waren sie auf Ausrottung spezialisiert. Weißrußland, Ukraine, Bukowina, sie waren überall ...«

»Auch in Schmertzow?«

»Oh ja ... Kraweniuk ist in Schmertzow geboren. Sein Vater war ein ukrainischer Nationalist, er hat vermutlich das Pogrom von 1919 angeführt. Aber die Anarchisten haben die Region zurückerobert und die Kraweniuks mußten fliehen ... nach Deutschland.«

»Aber sie haben keinen lebenden Juden in Schmertzow zurückgelassen, oder?«

»Das ist nicht ganz klar ... Scheinbar sind später neue gekommen. Die Bevölkerung dieser Region ist ständig umgesiedelt worden. 1922 hat Trotzki eine Kampagne für landwirtschaftliche Genossenschaften gestartet. Die Ukrainer wollten davon nichts wissen. Die Juden selbst lebten bereits in Gemeinschaft. Schmertzow wurde zum Kolchos, mit Leuten, die man aus der ganzen Region zusammengeholt hat ... Juden, Kosaken, Ukrainer ... fröhlich vereint unter dem Bilde Lenins!«

»Also hat Sylberstein die Wahrheit gesagt! Stoltz konnte dort Juden ermorden, '44!«

»Er sagte '44? Das paßt nicht ... Meiner Ansicht nach war das '41/'42. Die SS-Einsatzgruppen ließen keinen Juden zurück, wenn sie vorwärts marschierten ... sie haben nicht gewartet, bis sie auf dem Rückmarsch waren ... Aber ich weiß, was '44 passiert ist ... Sehen Sie ...«

Auf der Leinwand stapften deutsche Marschkolonnen durch Schlamm und Schnee. Der große Rückzug. Ein unglaubliches Durcheinander, schmutzige, abgerissene Soldaten. Kraweniuk, wieder von hinten, auf einem Wagen stehend, fährt in Gegenrichtung an der Kolonne entlang. Er droht mit seiner Waffe einem Offizier der Wehrmacht. Dann fährt auch ein Lastwagen der SS in Gegenrichtung.

»Rudi Stoltz steht hinter dem Fahrerhaus, er bedient ein auf dem Dach stehendes Maschinengewehr.«

»Sie hatten Angst vor ihren eigenen Soldaten?«

»Sie waren wütend über diesen Rückzug, der mehr

und mehr einem Debakel glich. Die Generäle der Wehrmacht wollten das Reich an seinen Grenzen verteidigen. Die SS meinte, man müsse die Front in der Ukraine halten... Sehen Sie sich die letzten Bilder an ... Eine Woche später ...

Das ist Schmertzow ... Oder besser: das, was davon übrigblieb. Die letzten deutschen Soldaten evakuieren einen Trupp Verwundete... Stoltz, auf Krücken gestützt, will auf einen Lastwagen steigen ... Zwei Angehörige der SS hindern ihn. Kraweniuk hat Barrikaden errichten lassen, um die Russen aufzuhalten ... Er hat nur noch einige Männer, unter ihnen Stoltz, den man hinter seinem Maschinengewehr festbindet. Er wendet sich dem Obersturmführer zu, als ob er ihn anfleht.«

Vom sich entfernenden Lastwagen mit den Verwundeten schwenkt die Kamera zu einer chaotischen Großaufnahme. Die Kleinstadt ist ein Trümmerfeld, die Straßen voller Leichen.

»Sehen Sie, sagt Weizman, diese Bilder sind grausam, aber es erfreut mich immer wieder, das Debakel der Wehrmacht zu sehen! Das war die Zeit des Chanson von Pierre Dac bei Radio London ... *Ah, ah, ah, das ist elastische Verteidigung ...*«

»Was geschah dann?«

»Stoltz wurde von den Russen gefangengenommen. Zum Kriegsende hin haben die Vorgänger-Genossen von Markus Wolf Leute unter den SS-Männern ausgewählt. Sich eine kommunistische Jungfräulichkeit zulegen oder gehängt werden, die Wahl war nicht schwer. Ernst Keller glaubte, man schicke ihm einfache Soldaten. Ohne sein Wissen hat er sich an der Wiedereingliederung ehemaliger SS-Angehöriger beteiligt. Stoltz war dann als Kommunist ebenso eifrig dabei wie als SS-Mann. Ein vorbildlicher Kader der DDR.«

»Sie wußten es, als er noch im Amt war, und Sie haben ihn nie entlarvt!«

»Stimmt ... Er konnte uns gute Dienste leisten. Stoltz lieferte seine ehemaligen Kameraden aus, die von den Amerikanern umgedreht worden waren ... Und er hatte mir Kraweniuk versprochen. Sie hatten eine alte Rechnung zu begleichen. Nachdem er verwundet war, hatte der Ukrainer versprochen, ihm den Gnadenschuß zu geben. Statt dessen hat er ihn an das Maschinengewehr gebunden. Als die Russen kamen, war Kraweniuk nicht unter den Toten. Man hat ihn nie gefunden, nicht etwa, weil man ihn nicht gesucht hätte: er ist heute der größte noch lebende Kriegsverbrecher, soweit man die Hypothese vom Tod Mengeles akzeptiert. Und selbst mit achtzig Jahren soll er noch bezahlen.«

»War Stoltz nach Paris gefahren, um Kraweniuk zu suchen?«

»Das hatte er mir wenigstens gesagt ... Es sei denn, Paris war nur ein Ausgangspunkt. Aber er mußte sich plötzlich auf die Suche nach Antiquitäten machen und bei diesem Trödler landen ... Ich glaube nicht, daß Stoltz zufällig zu diesem Sylberstein gegangen ist ... Wenn man die Spinnereien von Keller beiseite läßt, kann man sich vorstellen, daß Sylberstein selbst auf der Suche nach den Mördern seiner Familie war und seine Kontakte mit den ostdeutschen Stellen nutzte ... Ich bin solchen Erleuchteten schon öfter begegnet!«

»Sie haben keine Exklusivrechte für böse Erinnerungen, Herr Weizman. Dieser arme Sylberstein hatte doch wohl auch das Recht, diesen SS-Mann zu erledigen!«

»Mir graut vor Leuten, die gedankenlos töten! Er wollte sich Stoltz leisten, dabei war der nur ein Komparse! Und ich habe dadurch die Spur von Kraweniuk verloren! Stoltz hatte etwas gefunden, aber er wird nie mehr darüber sprechen können!«

»Ich muß nach Paris zurück«, seufzte Benamou.

»Nicht so schnell! Wenn Stoltz dem Ukrainer auf der Spur war, muß ich annehmen, daß ihm hier in Berlin jemand geholfen hat.«

Moshe Weizman war aufgestanden, er sprach nun im Ton eines Mannes, der zu befehlen gewohnt war, im Namen der Sache, Haganah 1947, mit versierter Militanz. Wäre nicht das Alter gewesen, man hätte ihn für Paul Newman halten können, der die Führung des Exodus übernimmt. Nun duzte er Benamou.

»Da du nicht mehr bei der Polizei bist, wirst du mit uns arbeiten ...«

Weizman ging auf Sam zu, reichte ihm die Hand und sprach ein Wort aus, daß auf hebräisch Genosse bedeutet.

»*Have'rim,* soeben bist du in die zweite illegale Haganah aufgenommen worden.«

»Eh, sachte ... Ich kümmere mich um die Affäre Sylberstein, und dann, Musik ...«

Über Weizmans Gesicht zog ein breites Lächeln. Mit tiefer Stimme begann er zu singen *Hatikva, tikva te-enu ... Erez-zion-Jeruschalajim ...*«

»Wie du siehst, liebe auch ich die Musik ... Ich war sogar auf dem Konservatorium, in Prag, mit vierzehn ... Nur sind sie dann gekommen. Ich habe mit den Partisanen in den Bergen gekämpft, und es ist mir gelungen, illegal nach Palästina durchzukommen. '46 ...«

»Herr Weizman, ich hege große Bewunderung für Sie, und ich verzeihe Ihnen die Entführung, aber begreifen Sie bitte, daß der Krieg vorbei ist ...«

»Nicht ganz ... Ich wollte in ihren verdammten Bierschuppen gehen, aber nun wirst du das übernehmen. Morgen feiern sie den Geburtstag von Horst Wessel ... Das war eine Art Skinhead der dreißiger Jahre, ein Berliner Strolch, Mitglied der Nazipartei ... Er ist in einer Prügelei umgekommen und sie haben ihn zum Helden gemacht. Die Geschichte soll in diesem Lokal in Moabit passiert sein, das heute ihr Heiligtum ist ... Du wirst ihnen zum Fest aufspielen!«

»Ihr tickt wohl nicht richtig? Ich werde sie doch wohl keine Hora tanzen lassen!«

»Nein ... Du wirst dir ein anderes Repertoire und eine andere Aufmachung zulegen. Man wird dich blond färben. Ich habe Blumenstein kommen lassen. Ihr habt 24 Stunden Zeit, um einige Lieder einzuüben. Alle Partituren sind da: das Horst Wessel Lied, Haydn's deutsches Lied ... Und eine Ouvertüre von Wagner für den Anfang! Wird doch gehen?«

»Wagner und Haydn auf dem Akkordeon ... wird nicht gerade Konzertreife haben ...«

»Paß auf die Harmonien auf ... Vergiß nie, daß sie Melomanen sind ... Du wirst auch eine Sängerin haben ... Ein echtes blondes Gretchen ... Judith Stoltz!«

»Sie singt?«

»Gut, daß du von der Polizei weg bist ... Du weißt nicht mal, wie man ein ordentliches Verhör führt. Sie verdient sich ihr Geld in Nachtlokalen. Aber Vorsicht:

kein Wort über das, was du über ihren Vater weißt. Sie war bereit, uns zu helfen, um den Kampf dieses großen antifaschistischen Kämpfers fortzuführen ... Ich habe ihr erzählt, daß Stoltz für uns arbeitete. Das war nur halb gelogen.«

»Aber was zum Teufel soll ich dort? Ich wollte nur die Geschichte von Stoltz überprüfen, nichts weiter ... Jetzt weiß ich doch Bescheid!«

»Du bist wirklich ein ordentlicher kleiner französischer Bulle, nicht wahr! Akte zu, Sache erledigt ... Es stört dich nicht, einen echten Mörder laufen zu lassen? Denn dein Stoltz war nur ein kleines Würstchen, ein unbedeutender Kleindarsteller!«

Benamou ging ein Schritt auf Weizman zu, mit geballten Fäusten. Ordentlicher kleiner französischer Bulle! Der Blick des Nazijägers brachte ihn jäh zum Stehen.

»Gut«, sagte er, müde. »... Ich bin einverstanden! ... Haben Sie nie daran gedacht, ins Geschäftsleben einzusteigen?«

»Nein, nicht wirklich!«

»Das ist ein Fehler ... Sie gehören zu den Leuten, von denen man alles kaufen würde! Nun gut, sagen Sie mir, was wir bei diesen Scheißkerlen sollen. Werfen wir eine Bombe?«

»Ich hab's dir schon mal gesagt ... Durch deinen Freund Sylberstein habe ich die Spur des Ukrainers verloren. Du mußt mir helfen, die Fäden neu zu knüpfen. Morgen wird die ganze Nazi- und Neonazi-Creme anwesend sein. Wir werden unser Glück versuchen.«

»Sie glauben, Ihr Ukrainer wird dabeisein?«

»Der, das würde mich wundern. Soviel ich weiß, ist

er weder nach Berlin noch nach Deutschland zurückgekommen ...«

»Sie sollten lieber mal in Buenos Aires nachforschen.«

»Ich war dort, mehrmals. Wie du weißt, habe ich dort einige gefunden! Aber keine Spur vom Ukrainer, auf dem gesamten amerikanischen Kontinent nicht. Ich sag' nicht, er ist nicht dort, aber ich muß den Beginn einer Spur finden.«

»Nehmen wir an, ich spiele dort, was werden wir machen?«

»Ich werde dein Tontechniker sein. Ich werde mich so aufbauen, daß ich den Raum gut überblicke. Ich habe alle Karteien im Kopf: Foto, Lebenslauf ... Von allen, die in dieser verdammten Abteilung der SS waren!«

»Ich dachte, die wären alle tot!«

»Die letzte Gruppe, ja ... Aber einige sind vielleicht noch vor Schluß versetzt worden ... Ins Hinterland evakuierte Verwundete oder irgend so etwas ... Sollte ich einen von ihnen entdecken, machst du genau, was ich dir sage ... Geh inzwischen üben, die Sängerin wartet.«

Das war das Geschenk, die kleine Stoltz. Allerdings paßten ihr Körper und ihre Stimme nicht ganz zur Rolle. Ihr gewöhnliches Repertoire waren Lieder von Kurt Weill, bei den Brechtianern im Osten eingeübt, und Swing, der in linken Kneipen Furore machte. Rhythmen á la Wehrmacht und Chöre für Bierfeste kannte sie ebensowenig wie Benamou und Blumenstein. Unter der Fuchtel von Weizman begann das Trio, die Partituren zu entziffern. Benamou sang einen seltsamen Siegfried mit Anklängen an Bab el Oued, doch Judith gab eine perfekte Walküre ab und Blumenstein bewies einen angeborenen Sinn für deutsche Musik.

»Das schaffen wir nie«, platzte Blumenstein nach zwei Stunden Probe heraus, »nie im Leben ... Sam, versuch die *ch* weicher zu sprechen ... und begreif' endlich, daß *s* wie *z* und *z* wie *tz* ist ... Deutsch ist eine so schöne Sprache!«

»Eine schöne Sprache! Echt Aschkenas! Man kann euch zu Millionen umbringen, aber die Überlebenden werden immer noch sagen, deutsch ist eine schöne Sprache! Und was für Musiker!«

»Das kannst du nicht verstehen, Sam ... Zwischen uns und den Deutschen, das ist eine Liebesgeschichte.«

»Scheiße, deine Sicht der Liebe habe ich noch nie verstanden! Die Polen kannst du nicht ausstehen, weil sie euch zu Ostern ein wenig den Arsch versohlten, aber die Fritzen sind deine Kumpels ... Ich kann nach vierundzwanzig Stunden Berlin den Wurstgeruch an jeder Straßenecke schon nicht mehr ertragen.«

»Mit den Sephardim ist wirklich nichts anzufangen«, seufzte Blumenstein. »... Ist dir wenigstens die subtile Architektur der übriggebliebenen preußischen Monumente aufgefallen? Und der Grundriß der Stadt? Gut, es ist alles wieder aufgebaut worden, einverstanden, aber nach den Hauptstadtplänen der Hohenzollern ... Siehst du, Sam, leider ist der Kaiser 1918 besiegt worden ... Aber Deutschland, das war die Zivilisation.«

»Es reicht mit diesen Wus-wus! Heute früh finde ich einen, der es fertigbrachte, Frankreich für Rußland und Ostdeutschland zu verlassen, und jetzt kommst du mir, Blumenstein, mit der germanischen Zivilisation. Ihr könnt mich mal, ich verschwinde ...«

»Nun, Sam, stell dir vor… Statt bei altmodischen Festen Geige zu spielen, wär' ich früher Kapellmeister eines sächsischen Fürsten gewesen, und wer weiß, vielleicht sogar Musiker in der Berliner Philharmonie… Kannst du dir das vorstellen?«

Weizman unterbrach grob das Gespräch. Es war Zeit zu arbeiten und dieses Trio in ein vorzeigbares deutsches Orchester zu verwandeln.

»Wir fangen nochmal von vorn an, mit *Deutschland über alles*«, befahl Blumenstein, »… wenn Benamou das begriffen hat, geht alles andere wie von selbst.«

Benamou ließ einige Takte aus seinem Akkordeon erklingen.

»Nein… Du sollst nicht spielen *Ach wie schön sind doch die Mädchen bei uns zu Hause!* Ganz getragen… *Deutschland – Deu –eu -tschland. Nicht Do-o-otschland.* Deutschland. Verstanden? Und dann nicht *Uberre alles,* sondern ein langes, betontes *Ü*, aber nicht zu sehr… Und *alles,* nicht *ahalles,* sondern *a alles,* und ansteigend, daß man das *s* am Ende hört.«

»Jawohl, Herr Kapellmeister«, fauchte Benamou wütend…

»Hör mal Sam… Das ist doch einfach… In Wirklichkeit spielst du ständig deutsche Musik… Das Ansteigen bei *Über alles* und bei Hatikvah, *Tikvah te-enu*… Das ist die gleiche musikalische Schule… Wien, Prag… Warte, das hat mit Politik nichts zu tun, aber so ist es… Die Franzosen behandeln uns ständig als Deutsche… Aber wir waren Deutsche! Da mußte erst so ein Schwachkopf wie Dreyfus daherkommen, um Franzose sein zu wollen… Sieh mal, Sam, du bist so ein Typ wie Dreyfus… Kannst du dir vorstellen, was meine Großmutter für ein Gesicht machen würde, wenn ich ihr sagte, daß ich mit einem Typen von der Pariser Polizei Musik mache? Und dieser Kerl in der französischen Armee? Na los, nimm wieder auf ... Gut ... Nein, sanfter beim Rhythmus ... Verdammt, keinen Sinn für den Rhythmus, Nordafrika ...«

»Was? Hast du mich schon mal für eine Bauchtänzerin spielen gehört?«

»Vergiß die Bauchtänzerin ... Oder denk an den Bauch, nur an den Bauch ... Ein auf- und abgehender Rhythmus ...«

»Nun reicht's, Blum. Daß mir ein Aschke Harmonieunterricht erteilt, mag noch angehen ... Aber Rhythmus!«

»Und was ist mit dem Rhythmus! Wer ist Al Jolson? Und wer ist Mez Mezzrow? Was ist Jazz? Das Aufeinandertreffen des schwarzen Rhythmus und der von den Juden aus Mitteleuropa importierten Harmonie in den Bordells ... Das ist alles ... Nun los, nimm wieder auf ... Geht das Becken mit dem Synthesizer? Führ' den Beckenschlag genau vor dem zweiten *Deutschland* ... Genial!«

Am Ende der Nacht war Ex-Inspektor Sam Benamou zum perfekten deutschen Musiker geworden. Blumenstein war nicht wenig stolz auf sein Werk, das ein kunstvolles Schminken bald vollenden würde.

9

Zwischen den Häusern aus geschwärzten Ziegeln im ehemaligen Arbeiterviertel hatte sich die Kundschaft der Lieblingsspelunke von Horst Wessel kaum verändert. Die Strolche der Stadt waren politisiert, wie zu Zeiten der SA und dieses kleinen Zuhälters Wessel, aus dem Goebbels einen Helden gemacht hatte. Das neue Pack mit kahlgeschorenen Köpfen vermischte sich mit dem alten, das unter dem Mantel der Ehrbarkeit des Alters und der korrekten Anzüge in Erinnerungen der Vorkriegszeit schwelgte, sich zurückversetzte in jenes Berlin, das in den Bierströmen der verrufenen Lokale von Ordnung und Blut träumte. Sie hatten einst einen Riesenbrand über die Welt ausgebreitet, und die ersten Flämmchen waren in diesen heruntergekommenen Vierteln der deutschen Städte aufgeflackert. Und die Greise, die damals die Nacht mit ihren Fackelreihen erhellten, mischten sich unter die jungen Leute, die keine andere Uniform trugen als ihre rasierten Schädel, ihre Springerstiefel und ihre grotesken und lächerlichen Abzeichen. Diese Mischung schuf erneut die finstere Fäulnisatmosphäre der schrecklichen Jahre, und das ganze Lokal schien irgendeine Kristallnacht vorzubereiten.

Auf dem Podium stand Judith Stoltz, mit Zöpfen im Walkürelook, eingerahmt von Benamou und Blumenstein in Lederhosen. Bei den Klängen des Deutschlandliedes von Haydn hatten sich die jungen Skins und die alten SS-Leute gemeinsam erhoben, den Arm ausgestreckt wie in der guten alten Zeit.

Sam spielte mit zusammengebissenen Zähnen und bemühte sich, seine Abscheu vor diesem ungewohnten Publikum zu verbergen. Sein alter Komplize Blumenstein lächelte begeistert, er hatte ein derartiges Abenteuer noch nicht erlebt, und er sagte sich, daß Generationen jüdischer Musiker vor ihm davon geträumt hatten, wie er in Berlin zu spielen. Und sie hatten einen Riesenerfolg! Ganze Tischreihen alter Kämpfer sangen im Chor die alten Weisen mit, *Ich hatt' einen Kameraden,* kleine harmlose Melodien, um erstmal die Stimmung ein wenig anzuheizen. Die Bierkrüge hämmerten den Rhythmus, wie die Stiefel von einst. Die ernsten Dinge sollten bald folgen. Die Wirtin, eine Art barockes Denkmal, errichtet zum Ruhme von Schwein und Bier, tanzte im Rhythmus und trug dabei Riesentabletts mit Würsten und großen Humpen, die wahre Unmengen des gebrauten Hopfensafts enthalten mußten.

Im Vorübergehen stellte sie ein Tablett auf dem Podium ab. Ein Imbiß für das Orchester. Vier Arten Würste, weiße, braune, rosafarbene und schwarze, die Blumenstein sofort genoß.

»Laß das«, sagte Sam, »das ist h'aluf.«

»Na und? Du wirst sagen, du wußtest es nicht!«

»Die Technik hat Hunger«, sagte Weizman, und fischte sich eine fetttriefende Wurst ...

Mit vollem Mund murmelte er ein »Friß, Idiot, das ist ein Befehl!« Der Ex-Inspektor gehorchte mit Widerwillen und spülte mit einem großen Schluck Bier nach, der ihn unter dem Beifall der Skins ins Mikro rülpsen ließ.

»Schnaps für die Musikanten«, brüllte ein alter Knacker von der SS.

Die gewaltige Wirtin rollte sogleich mit Gläsern voller Fusel herbei, den die Musiker unter Bravorufen hinunterkippen mußten. Sam griff nach seinem Akkordeon, um ein Tirolerlied anzustimmen, dann einen antifranzösischen Marsch von 1914, *Nach Frankreich zogen zwei Grenadiere* ... Ein verdrehtes Gedicht von Heine! Die Stimmung brauste immer mehr auf. Einige Trinklieder, die im Chor aufgenommen wurden, trugen dazu bei, eine totale Übereinstimmung zwischen Saal und Orchester herzustellen. Und als Benamou die ersten Töne des *Horst Wessel Liedes* erklingen ließ, erhob sich ein *Hurra!* aus den Reihen.

Die Skins wiederholten dreimal *Sieg heil!* bevor sie das Orchester die Nazihymne spielen ließen.

»Was macht man nicht alles, was macht man nicht alles«, murmelte Sam, der in seiner Tirolerkleidung schwitzte. »... Und das an einem Freitagabend! Am Schabbat singe ich für die Nazis!«

Vom Mischpult aus beobachtete Weizman sorgfältig jeden Tisch. Die alte Else Wagner nahm den Ehrenplatz in einer Tafelrunde alter Herren ein, viele trugen das Eiserne Kreuz. An diesem Tisch waren die Honoratioren versammelt, den ehemaligen Offizieren vorbehalten. Das Alter gab ihnen ein fast würdevolles Aussehen, und ohne Nazilieder und -grüße hätte man sich bei einem Kaffeekränzchen für Senioren geglaubt, zu dem ein Gemeinderat auf Stimmenfang eingeladen hat. Mit vorrückendem Abend waren die Alten immer dünner gesät, während die jungen Skins es kaum noch bis zur Tür schafften oder gleich unter den Tisch pißten. Die Mischung aus Bier, Wurst, Schnaps, Tabak und Urin ließ den Gestank zunehmend unerträglicher werden. Else Wagner sprang auf, vermutlich Opfer der schwachen Prostata ihres Nachbarn, ein ehemaliger Held der Luftwaffe, der seit der Zeit, da er mühelos in das Cockpit seines Stuka geschlüpft war, sein Volumen verdreifacht hatte. Das Schnarchen, das er von sich gab, als er auf den Tisch sank, hätte einst die gesamte Bevölkerung Londons in die Luftschutzräume getrieben. Der Himmel füllte sich mit verschiedenen Gegenständen: die Glatzen waren Meister im Fliegenlassen von Würsten, die das Hohelied des Zeppelin nachspielten, bevor sie sich beim Abtauchen in den Bierhumpen in U-Boote verwandelten.

Weizman gab Benamou ein Zeichen. Der Moment war gekommen. Jetzt war Judith dran. Sie näherte sich dem Mikro, während Blumenstein auf der Elektroorgel die Siegfriedouvertüre erklingen ließ.

»Alle SS Einsatzgruppen haben sich durch ihren Mut ausgezeichnet ...«

Bei diesen Worten brüllten die Skins auf, streckten den Arm und wiederholten *Sieg! Heil! Sieg! Heil!*

»Aber eine will ich heute abend besonders ehren«, fuhr Judith fort. »... Der Gruppe Jung Siegfried, die sich im Kampf gegen die Bolschewiken besonders ausgezeichnet hat, widme ich diese Melodie von Richard Wagner.«

Judith sang eine Melodie aus *Siegfried,* jedoch mit

später, 1942, von einem Nazidichter geschmiedeten Versen, der den Auftrag gehabt hatte, die Hymne des Kommandos zu schaffen. Weizman hatte die Worte peinlich genau beim Betrachten der Archivfilme kopiert. Er fixierte den Saal. In der Nähe von Else Wagner sang ein Mann aus vollem Hals. Ein Mann, der dieses Lied also schon mal gehört hatte und unversehrt in seinem Gedächtnis bewahrte.

Während Blumenstein und Benamou von *Siegfried* wieder zu *Deutschland über alles* übergingen, um ihrem Publikum einen letzten Schauder zu verschaffen, stieg Moshe Weizman von der Bühne hinab, um zu dem alten SS-Mann zu gehen und ihm etwas ins Ohr zu flüstern.

»Wenn du mir nicht folgst ... erzähle ich ihnen, wie du '44 desertiert bist ... und was du mit Kraweniuk gemacht hast.«

Der alte Nazi war bleicher als seine Haare. Er stand sofort auf und folgte Weizman hinter die Verstärkeranlage. Trotz der Proteste der Skinheads beendeten die Musiker inzwischen ihre Darbietungen. Benamou drängte seine beiden Partner in Richtung Dienstbotenausgang. Die Skins, wütend über ihren Abgang, versuchten sie einzuholen, doch der Ex-Inspektor warf ein kleines rundes Ding in ihre Richtung, als Abschiedsgeschenk.

Der pensionierte Nazi war ihnen brav gefolgt, doch draußen angekommen hielt es Weizman für angebracht, ihn sauber zu betäuben, bevor er ihn in einen Lieferwagen schob. Benamou stieg auf den Fahrersitz und startete durch. Einen Augenblick später war eine gewaltige Explosion zu hören.

»Ich hatte von einer Rauchbombe gesprochen«, protestierte Weizman.

»Ach so? Ich muß mich geirrt haben.«

Weizman wetterte heftig gegen die sephardische Übertreibung und die angeborene Disziplinlosigkeit der Kinder Israels: Kurz, ein Aufguß aus dem Zorn Moses auf dem Berg Sinai, vermischt mit den Beschwörungen des Rabbiners Jesus, dem Typen aus Nazareth, der sich einbildete, für die irdische Mission des Heiligen Geistes gezeugt worden zu sein.

»Der wird genauso gehegt und gepflegt wie ich, dieser Scheißnazi«, protestierte Benamou »... Und überhaupt, wer ist dieses Wrack?«

Weizman lächelte zufrieden, ohne zu antworten. Der Ex-Inspektor mußte sich um den Weg kümmern und Polizeikontrollen vermeiden. Erklärungen wurden auf später verschoben.

Von allen Seiten kamen Bullen, doch dem Lieferwagen gelang es ohne allzu große Mühe, bis zur von Weizman gemieteten Villa durchzukommen. Benamou trug den chloroformierten SS-Mann bis zum ersten Stock hinauf und warf ihn grob auf den Boden, was den Zorn des kleinen illegalen Chefs erregte.

»Nachher kannst du auf ihn eindreschen ... wenn er mir nicht gibt, was ich von ihm erwarte ... Aber ich glaube, daß er sprechen wird. Wenn ich mich nicht irre, ist er total entartet. Ein gewisser von Karst, der sich freiwillig zur SS gemeldet und sich in Rußland vor Angst in die Hosen geschissen hat. Er hat es geschafft, Kraweniuk zu entkommen und mit der regulären Truppe weiterzuziehen ... Junkerprivileg, denn er hatte Beziehungen zum Generalstab!«

Das Bier und das Chloroform hatten von Karst in einen tiefen Schlaf fallen lassen, doch Benamou und Weizman dachten nicht daran, schlafen zu gehen, bevor sie ihn verhört hatten.

Sam sah sich immer wieder im Spiegel an, von seinen blonden Haaren eben so verwirrt wie von den Methoden des alten Haudegens.

»Sie haben sich meiner bedient«, murmelte er, »um einen Typ zu erwischen, den Sie längst hätten haben können!«

»Von Karst war wie Stoltz, auf der anderen Seite ... Er wohnte und wohnt immer noch in Leipzig. Und er wäre nie zu einer Zusammenkunft der Nostalgiker gefahren, solange es noch einen Zeugen seines Verrats gab.«

»Sie hätten ihn benutzen können, um Ihren Kraweniuk zu finden ...«, murrte Benamou.

»Ich hatte Stoltz!«

Judith hörte zu, völlig benommen. Offensichtlich hatte man ihre Version von der Vergangenheit vergessen, ihre Gewißheit, Tochter eines anderen Deutschlands zu sein. Sie begann leise zu schluchzen.

»Karst arbeitete für die Stasi ... Ich wußte nicht, daß mein Vater ihn kannte ... Ich wußte auch nichts von seinem Adelstitel! Es war also alles gelogen. Karst galt als ein Held des antifaschistischen Kampfes, man stellte ihn uns im Pionierlager als Beispiel vor. Die Ehre des deutschen Proletariats! Ein Junker und SS-Freiwilliger ... Und ein Feigling! In der DDR galt er als ehemaliger Spanienkämpfer.«

»Nach meinen Unterlagen war er es. Aber nicht in der Thälmann-Brigade, sondern in der Legion Condor!«

Judith war einem Nervenzusammenbruch nahe, doch dann verfiel sie in Depression. Benamou konnte ihr noch so ausführlich von den angeblichen Helden der Pariser Polizei erzählen, die sich eine Widerstandslegende zusammengebastelt hatten, nachdem sie vor dem Velodrome d'Hiver die für die Deportation zusammengetriebenen Juden bewacht hatten – es schien für sie kein Trost zu sein.

»Schon gut«, sagte Weizman leise, »... Sie können nichts dafür!«

»Ich war die Tochter eines Helden ... Eines Revolutionärs ... Und jetzt weiß ich nicht mehr, wer mein Vater war ...«

»Ein armes Schwein«, antwortete Weizman. »... Er wollte überleben, in zwei völlig verschiedenen Zeiten ... Vielleicht hat er sogar jedesmal daran geglaubt!«

»Tun Sie bitte nicht so, als ob Sie Mitleid mit ihm hätten! Soviel erwarte ich nicht!«

»Mitleid? Sie vergessen, mein Fräulein, daß ich ein alter Jude bin. Ich habe mit keinem SS-Mann Mitleid ... Ich kann nicht. Sehen Sie den Typen da am Boden? Ich hätte Lust, ihm eine Kugel in den Schädel zu jagen. Vielleicht werde ich es tun, wenn ich seine Dienste nicht mehr brauche ... Aber manchmal lasse ich mich dazu hinreißen, die sinnlose Raserei einer Epoche verstehen zu wollen ...«

»Aber ich ... ich habe an diesen Mann geglaubt!«

»Wie Tausende junger Deutscher! Aber was bedeutet das schon! Ich bin vielleicht der Enkel eines Kosaken ... Es gab Vergewaltigungen, zur Zeit der Pogrome! Glauben Sie also weiterhin, sie seien die Tochter des antifaschistischen Deutschlands!«

»Mein Vater hat mich in allem belogen ... Sogar über meinen Vornamen! Judith ... Stoltz ... JS ... die Abkürzung des Kommandos Jung Siegfried! Und er behauptete, das sei seine Art, die Erinnerung an Joseph Stalin wachzuhalten!«

»Initialen! Initialen!«, protestierte Benamou »... Ich kannte einen Abraham Herzberg, das ergibt A.H., wie Adolf Hitler ... Und der arme Sylberstein. Der auf Ihren Vater geschossen hat! Sein Vorname lautet Simon!«

Sie sprachen lange mit Judith, über den Tod und die Entdeckung des Vaters, zum zweiten Mal mußte sie sich als Deutsche akzeptieren, sie, die an die schöne Legende von der DDR als Erbin der Opfer und nicht der Henker glauben wollte.

Von Karst wachte auf, Schrecken in den Augen. Er gab ein »wer sind Sie denn?« von sich, auf das Benamou trocken antwortete.

»Wir jagen Nazis ... Und du wirst auf unsere Fragen antworten!«

»Was wollen Sie von mir?«

»Das, was du Stoltz gegeben hast ...«

»Nein ... nein ... ich habe ihm nichts gegeben.«

»Es reicht«, unterbrach ihn Weizman. »... Wie hast du Kraweniuk gefunden?«

»Wer hat Ihnen gesagt, daß ich ihn gefunden habe?«

»Stoltz hat es mir gesagt ... Aber das ist ohne Bedeutung. Wie hast du ihn gefunden?«

»Er hat mich gefunden. Ich dachte nicht, daß er noch leben würde. Er wollte unsere alten Kameraden erpressen, alle, die ihn fallengelassen hatten. Denn er hat allein überlebt, ohne Hilfe irgendeines Hilfswerkes ...

Ich hatte Angst. Und ich habe ihn an Stoltz ausgeliefert ... Rudi haßte ihn, es hätte ihm nichts ausgemacht, Ihnen einen Typen zu verraten, der ihn an ein Maschinengewehr festgebunden hatte! Er wollte sich rächen. Und wir hatten alle ein Interesse daran, daß er verschwindet!«

»Wo ist er?«

»Wo er jetzt ist, weiß ich nicht mehr ... Vor einigen Wochen war er in Paris ... Ich glaube, er wohnte schon lange dort.«

Von Karst nannte schließlich eine Adresse, die Benamou aufspringen ließ.

»Sie erzählen uns irgendeinen Blödsinn«, brüllte der Ex-Inspektor, »57, Rue de Bagnolet! Das war die Adresse von Sylberstein ... Kraweniuk hätte sich keinen einzigen Tag in diesem Haus verstecken können! Der alte Simon hätte ihn erkannt, so wie er Stoltz erkannt hat ... Auf den ersten Blick!«

Ein nervöses Lachen schüttelte von Karst. Benamou stürzte sich auf ihn, um ihn kräftig zu ohrfeigen. Doch Weizman hielt Benamou grob zurück und befahl von Karst, mit seinem Bericht fortzufahren.

»Kraweniuk gab die Befehle ... Bei Drecksarbeiten blieb er im Hintergrund ... Die ... nun, die Opfer, wie Sie sagen, sahen uns, die kleinen SS-Leute, doch wenn sich Kraweniuk zeigte ... gab es keine Überlebenden. Dieser, wie hieß er noch ... ach ja, Sylberstein konnte Stoltz entkommen, nicht Kraweniuk.«

Benamou stürzte zum Telefon, um seinen ehemaligen Chef anzurufen. Per Fax erhielt er die komplette Liste der Bewohner und Mitbesitzer der Nummer 57 in der Rue du Bagnolet sowie die Karteien derer, die den

Polizeidienststellen einschlägig bekannt waren. Ein kleiner Dealer, eine ehemalige Nutte, die Großmutter geworden war, ein alter Linksextremist, der seit langem raus war, aber immer noch unter »gefährlich« rangierte. Sie waren alle zu jung, um auch nur entfernt irgend etwas mit Kraweniuk zu tun zu haben – es sei denn, er war der heimliche Geliebte der Rentnerin vom Strich. Von ihr abgesehen beherbergte das Gebäude nur zwei Veteranen: Sylberstein selbst und eine dieser winzigen Greisinnen, die man in den Straßen von Paris antrifft, eine Hand auf einen Stock gestützt, die andere eine Einkaufstasche auf Rollen hinter sich her ziehend.

»Das war sicher nur eine Kontaktadresse«, vermutete Weizman. »... Vielleicht war einer der Mieter der Verbindungsmann zu Kraweniuk. Stoltz begibt sich dorthin, sieht Licht bei Sylberstein, tritt ein ... der andere erkennt ihn und knallt ihn ab. Das paßt ...«

Der Inspektor rief nochmal das Kommissariat an und bat, bis zu seiner Ankunft den Häuserblock abzusperren und die Straße zu kontrollieren.

10

Weizmans Dienst besaß einen kleinen Privatjet auf dem ehemaligen Flughafen Ostberlins. Karst hatte spontan eingewilligt, die Reise zu unternehmen, doch vorsichtshalber hatte ihn Benamou mit Handschellen an seinen Arm gekettet. Judith hatte darauf bestanden, mit von der Partie zu sein, und Weizman hatte sich schließlich einverstanden erklärt. Die Plätze waren gezählt, doch Blumenstein war durchaus darüber erfreut, noch einige Tage in Berlin bleiben zu können, denn in seinen Augen waren das Philharmonische Orchester und die Deutsche Oper wesentlich reizvoller als die Verfolgung eines tattrigen Kriminellen, dessen Spur versehentlich verwischt worden war.

Ernst Keller wartete in der etwas altmodischen Empfangshalle des ehemaligen internationalen Flughafens von Ostberlin.

»Den da haben Sie auch entführt! Ich dachte, der sei zu nichts zu gebrauchen«, protestierte Benamou.

»Wenn wir schon dabei sind«, antwortete Weizman, »soll er doch selbst seine Hypothese überprüfen. Wir werden ja sehen, ob er in dem Durcheinander von Sylberstein bestimmte Gegenstände erkennt ... Und dann ... Man mußte ihn nicht sehr bitten.«

Weizman wollte vor allem die Reise nutzen, um von Karst und Keller miteinander zu konfrontieren. Doch Judith begann, den alten Ideologen anzugreifen.

»Ich habe Sie so bewundert, Ernst ... In Wirklichkeit haben Sie Mördern erlaubt, sich eine ehrenwerte Vergangenheit zuzulegen!«

»Nein, das ist nicht wahr ... Ich wollte, daß Deutschland seine wahre Vergangenheit wiederfindet ... Niemand hat dieses Land so geliebt wie wir ... Und was diese betrifft, wußte ich nichts ... Ich habe eben erst erfahren, daß sie in der SS waren ... Was ändert das jetzt? ... Es gibt keine DDR und keinen Kommunismus mehr! ... Und als Kommunisten wurden Karst und Stoltz von mir geformt, von mir, Ernst Keller, David Katzman mit wirklichem Namen ... Alles, was diese jungen Leute zerstören wollten ... ein Jude ... Marxist ... Spezialist für entartete Kunst!«

»Nun gut«, beharrte Judith, »aber Sie wußten doch!«

»Bei von Karst ... ja ... Wir haben ihn für uns gewonnen, später, in der DDR ... Aber ich hielt Stoltz für einen einfachen Soldaten ... Was ändert das jetzt?«

Keller sah, wie sich die Lichter der Hochhäuser Berlins entfernten.

»Als ich hierher zurückkam ... Es war genau wie im Film mit Marlene ... *A foreign affair* ... Gespensterhafte Ruinen ...«

Im Wagen, der sie vom Flughafen Orly zur Rue de Bagnolet fuhr, betrachtete Keller diese Stadt, die er seit 1939 nicht mehr gesehen hatte. Sie hatte sich sehr verändert, und der ehemalige Flüchtling erkannte vorerst bei der Fahrt auf dem Autobahnring nur die Namen der einstigen Stadttore auf ihren leuchtenden Schildern. Er flüsterte zärtlich einige deutsche Worte, für Judith.

»Es ist eine wunderbare Stadt, natürlich ... Du wirst sehen, es ist noch besser als alles, was man erzählt hat ... Ich habe hier in einer Art leuchtender Parenthese gelebt, zwischen meiner Flucht aus Deutschland und dem Beginn des Krieges.«

»Sie hätten hierher zurückkehren können, nach Kriegsende ... warum sind Sie nach Deutschland gegangen?«

»Weil hier alle unsere Freunde, alle, die in Paris geblieben waren, der Gestapo übergeben wurden ... Und weil ich mich noch für einen Deutschen hielt!«

Der Wagen verließ die Stadtautobahn, und Keller schaute mit vor Staunen weit aufgerissenen Augen. »Merde«, fluchte er auf französisch, »ist das die Porte de Bagnolet?«

Auf der anderen Seite der Außenboulevards fühlte er sich wieder etwas sicherer, als er die Rue Belgrand und einige Häuser wiedererkannte, denen vorläufig noch die Verjüngungs- und Verschönerungskur erspart geblieben war, die die Viertel des Pariser Ostens unweigerlich zu erleiden haben. Doch die Stunde war nicht gerade für nostalgischen Tourismus geeignet.

Die ehemaligen Kollegen von Benamou riegelten die Nummer 57 der Rue de Bagnolet ab. Der Beamte Duclos blockierte die Tür mit seinem durch unzählige Flaschen Bier der Marke Kronenbourg aufgeblähten Wanst. Im Prinzip hätte man den Sonnenaufgang abwarten müssen, um jede Wohnung zu untersuchen.

»Laßt alle Türen öffnen, und zwar jetzt«, brüllte Sam.

»Das ist gegen das Gesetz, Chef«, protestierte der Beamte Duclos.

»Mir scheißegal, mein Lieber, bin kein Chef mehr ... Und wo ist er denn, der Kommissar?«

»In seinem Büro ... Er hat gebeten, ihn zu rufen, wenn es wirklich nötig ist ...«

»Sehr schön ... Du nimmst alle verfügbaren Männer und läßt die Mieter im Hof zusammenkommen! Mein Rücktritt ist noch nicht bestätigt, oder? Na also, dann hast du eben einen Befehl ausgeführt! Und jetzt los!«

Noch völlig benommen fanden sich die Bewohner der Nummer 57 der Rue de Bagnolet kurz vor fünf Uhr morgens im Hof wieder. Der ehemalige Linksradikale bekam von Sam eine gewischt, weil er den Handstreich mit der Razzia vom 16. Juli 1942 verglichen hatte. Weizman und Benamou verhörten einen Bewohner nach dem anderen, ohne den geringsten Hinweis zu finden. In den Stockwerken drehten die Bullen die Matratzen um, leerten die Schubfächer, wobei sie nichts fanden als ein paar versteckte Ersparnisse und zwei Büchsen Koks, was Benamou völlig gleichgültig ließ. Die Concierge schwor, daß sie nicht Ungewöhnliches bemerkt hatte, abgesehen davon, daß die Kleine im ersten Stock einen verheirateten Mann empfing, daß der ehemalige Linksextreme die Steuer hinterging und die pensionierte Nutte noch einige Aktivitäten hatte ... Aber von einem älteren, etwas seltsamen Mann, keine Spur. Die ungefähre Beschreibung durch Weizman sagte niemandem etwas. Wenn Kraweniuk tatsächlich einen Kontakt im Haus hatte, mußte er schon sehr diskret vorgegangen sein. Man hatte zwar eine Armbinde mit Hakenkreuz, eine Mütze und eine Lederpeitsche gefunden, doch das waren lediglich die Arbeitsinstrumente der alten Nutte. Sie hatte seit Mitte August 1944 mit keinem Deutschen mehr geschlafen, und es war nicht ihre Schuld, wenn sie in späten Jahren auf Sado-Maso umschulen mußte, als ihr nicht viel mehr blieb, was sie ihren Kunden bieten konnte.

Wütend ließ Sam die Siegel am Laden des Trödlers entfernen. Die von Sylberstein sorgfältig geordneten Gegenstände waren noch an ihrem Platz: am Tag nach dem Verbrechen hatten sich die Polizisten damit begnügt, sich im Laden umzuschauen, bevor sie die Tür versiegelten.

Keller begann zwischen den Gegenständen zu wühlen und ab und zu ein Stück hervorzuziehen …

»Schauen Sie … Man glaubt mir nicht … Dieser Musikautomat … ja, er funktioniert … das ist der Anfang des zweiten Brandenburgischen Konzerts … Stoltz hatte ihn mir gezeigt … Und dieser kleine Tisch? Sieht aus wie Jugendstil, Paris 1925, er wurde jedoch zur gleichen Zeit in Berlin hergestellt … Dieser Stil gefiel unserer liberalen Bourgeoisie sehr …«

Keller fing an, einen Berg von Bildern umzustapeln, die fast nur wegen ihrer Rahmen interessant waren. Verschiedene Schinken, Landschaften mit Seineufer, Ansichten vom Sacré-Cœur und der Place du Tertre, unter denen er schließlich einen kleinen Schatz entdeckte.

»Und das hier? Haben Sie hier eine Durchsuchung gemacht? Ich kann Sie nicht gerade beglückwünschen … Das ist eine kleine Originalleinwand von Kandinsky … Ich kenne sie gut. Sie stammt aus der Sammlung Julius Hirsch … Das war ein Kunsthändler in den zwanziger Jahren. Eine Art Maeght oder der Guggenheim der Weimarer Republik, wenn Sie so wollen … Sie haben ihn umgebracht, natürlich. Wir haben die meisten seiner Werke wiedergefunden, vor gut zwanzig Jahren, in einem Keller … Alles ordentlich geordnet und gut konserviert … Da die DDR Devisen brauchte, wurde Stoltz beauftragt, diese Schätze im Westen zu verkaufen.«

»Warum er?«, fragte Judith. »… Mein Vater wäre niemals fähig gewesen, einen Kandinsky von einem Graffiti auf der Westseite der Mauer zu unterscheiden!«

»Ich war der Fachmann. Er kümmerte sich nur um das Vertriebsnetz. Die Bilder der großen Meister mußten auf geheimnisvolle Weise in Paris oder London auftauchen … Das war eine schwierige Arbeit, aber er verstand sein Handwerk.«

»Gut, gut«, schimpfte Benamou. »Sylberstein war der Zwischenhändler von Stoltz … Ist das ein Grund, ihn umzubringen?«

»Vielleicht«, antwortete Keller. »… Dieser Kandinsky allein ist schon ein glänzendes Motiv … Es ging sicher um die Teilung des Gewinns …«

Keller schnüffelte in allen Ecken, fand zwischen wertlosen Gegenständen versteckte Stücke …

»Hören Sie, Inspektor, je mehr ich mich hier umschaue, desto überzeugter bin ich …«

»Nein, es geht um etwas anderes«, sagte von Karst, der seit Berlin den Mund kaum aufgemacht hatte. »Ich hatte einen Zweifel … doch nun nicht mehr.«

Von Karst sah gebannt auf ein Foto, das den Verkaufstisch zierte …

»Sehen Sie, es gibt Blicke, die ich nie vergessen werde ...«

»Die Blicke deiner Opfer, Dreckskerl!«, brüllte Sam und schüttelte dabei von Karst heftig durch.

»Oh nein ... jetzt spielt das auch keine Rolle mehr ... Ich bin der letzte Überlebende des Kommandos Jung Siegfried ... Seltsam ... Kraweniuk hätte mich erschießen lassen, wenn ich nicht von den Offizieren geschützt worden wäre ... Ich war nichts als ein adliger Müßiggänger, ein Taugenichts, der von der Uni geflogen war ... Ich bin in die SS eingetreten, weil man mich in der Wehrmacht ausgelacht hätte ... Ein Adliger, untauglich zum Offizier!«

Von Karst begann, nachdem ihm Weizman versprochen hatte, ihn als Gegenleistung für die Wahrheit über Kraweniuk freizulassen, mit einer unglaublichen Geschichte ...

»Das letzte Mal sah ich ihn im Frühjahr '44 ... Riesige Schneemassen schmolzen am Boden und verwandelten die ukrainische Ebene in eine endlose Schlammfläche. Die Wehrmacht wich zurück, die Männer mußten zu Fuß weiter, oft mußten sie die versinkenden Lastwagen schieben. Dabei hatten sie es eilig, diese aufgelösten Soldaten, sie sollten sich einer Division anschließen, die in Polen neu zusammengesetzt wurde ...«

Von Karsts Bericht wiederholte die stummen Bilder ... Kraweniuk und seine SS-Einheit kämpfte gegen den Strom der Soldaten. Ja, er, der SS-Mann von Karst, hatte sich protegieren lassen von einem anderen von Karst, einem General der traditionellen Wehrmacht.

Der Obersturmführer verlangte die Übergabe des Verräters.

»Herr General, dieser schändliche Rückzug muß gestoppt werden«, brüllte Kraweniuk.

»Sie gefährlicher Wahnsinniger … Sie haben dem Rückzugsbefehl zu folgen … In spätestens drei Monaten wird man das Reich an seinen eigenen Grenzen verteidigen müssen!«

»Ich nehme nur von Himmler oder vom Führer persönlich Befehle an!«

Von Karst fuhr fort:

»Und er richtete seinen Revolver auf den General. Unter der Drohung des Maschinengewehrs hatte sich der Lastwagen der SS-Leute einen Weg gebahnt und war nach Schmertzow zurückgekehrt. Einige Überlebende geisterten in den Ruinen herum, sie warteten auf die Rote Armee. Kraweniuk trieb sie zusammen und forderte seine Leute auf, genau zu zielen. Man konnte nicht mehr mit Salven töten. Patronen mußten gespart werden.«

»Moment«, sagte Benamou »… Sylberstein hatte mir von einem Todeswagen erzählt …«

Von Karst hob die Schultern.

»Diese verdammten Lastwagen sind uns nicht bis in die Ukraine gefolgt. Und Kraweniuk bevorzugte das Maschinengewehr. Aber diesmal, dieses letzte Mal, brauchte er es, um die Russen zu stoppen. Rudi hätte seit Tagen schon evakuiert werden müssen, aber der Obersturmführer wollte davon nichts hören.«

Am Bein verwundet, seit Tagen unter Wundbrand leidend, hatte der Maschinengewehrschütze seinen Vorgesetzten angefleht.

»Den Gnadenschuß, den Gnadenschuß«, bettelte Stoltz.

»Ich war nicht mehr dabei«, präzisierte von Karst, »aber Rudi hat mir die weitere Geschichte erzählt. Und die letzten Soldaten waren noch in der Stadt, als der Obersturmführer mit bewegungslosem Gesicht Rudis Hände an das Maschinengewehr festband. Man hörte bereits das Dröhnen der Motore, die ersten Panzer von Schukow waren keinen Kilometer mehr entfernt.

Kraweniuk befahl seinen Männern, keinen Meter zurückzuweichen und den Vormarsch der Russen solange wie möglich aufzuhalten. Mit Rudi waren sie fünf, doch an der Straßensperre hatten sie die Leichen von Soldaten verteilt, deren Gewehre auf den Feind gerichtet waren. Kraweniuk hütete sich, bei den Männern zu bleiben, die er opferte. Er sollte sich dem SS-Befehlsstab anschließen, eine neue Einheit bilden, er sagte, die SS müsse nun die gesamte Kriegsführung übernehmen und man müsse die Verräter und Unfähigen, diese Junker, die die Wehrmacht befehligten, erschießen. Stoltz lebte noch, als die Russen kamen. Was ihn betrifft, kennen Sie die Fortsetzung ... Erst viel später haben wir den weiteren Weg von Kraweniuk rekonstruiert ...«

»Viel später? Aber wann?«

»Gerade vor einigen Monaten ... Davor schützte uns die Mauer ... Eines Tages erhielten wir jeder, Rudi und ich, eine Nachricht, von Kraweniuk unterzeichnet ... Er wußte alles über uns, über unsere Tätigkeit in der

DDR … Er wollte Geld, um noch einmal sein Leben zu ändern … Stoltz hat den Kontakt aufgenommen … Unter Ihrem Schutz, nicht wahr, Herr Weizman?«

»Ja … gewiß … Aber er hat mir keinen Hinweis gegeben, der mit erlaubt hätte, die Arbeit nach seinem Tod fortzusetzen …«

»Bevor er nach Paris fuhr, hat mir Stoltz das Wesentliche offenbart … Ich wollte es nicht glauben … Bis jetzt … Es schien mir völlig unmöglich, daß der Obersturmführer den Russen entkommen konnte. Das war eine Dampfwalze, eine unglaubliche Masse, die auf uns zurollte, über eine riesige Front … Meine Einheit verlor beim Rückzug die Hälfte der Leute, aber er hat es geschafft, allein. Das geschah ungefähr so:

Als er seine Leute auf der Straßensperre verteilt hatte, kehrte der Ukrainer nach Schmertzow zurück, während die ersten sowjetischen Geschosse am Stadtrand niedergingen. Er schlüpfte in den Keller eines verbrannten Hauses.

Die wenigen Männer auf der Sperre sangen und man hörte das Brüllen von Stoltz, unterbrochen von Maschinengewehrsalven. Die leichten Waffen verstummten eine nach der anderen. Dann war es das Maschinengewehr, es schwieg, doch Rudi brüllte immer noch.

Von Karst holte einen Augenblick lang Luft und betonte, die von Stoltz erhaltene Nachricht hatte keinerlei Zweifel über die Identität ihres Verfassers gelassen:

Du brülltest immer noch, Rudi, als das Maschinengewehr schwieg.

Kraweniuk verkroch sich in seinem Keller. Er hörte russisch sprechen, über sich. Und dann Stille, lange Stunden Stille: in Eile, die Deutschen bei ihrer wilden Flucht einzuholen, setzten die Russen ihren Weg fort.

Kraweniuk wußte, daß ihm wenig Zeit blieb: andere würden kommen, daran gab es keinen Zweifel, das war nur eine Vorhut gewesen, einige Panzer und ein Infanterieregiment. Er wartete die Nacht ab und verließ den Keller. Als er in den Trümmern herumwühlte, fand er Zivilkleidung, bestimmt von einem Mann, den er einige Tage zuvor hatte ermorden lassen. Er entledigte sich seiner Uniform und warf seine Erkennungsmarke mitten unter die Leichen.

Monatelang lief Kraweniuk durch die Wälder, wobei er die russischen Armeen und die Partisaneneinheiten mied. Monatelang. Fast ein Jahr lang, vom Frühjahr '44 bis zum Frühjahr '45. Er lief im Hinterland der Roten Armee und hoffte, die Front überqueren zu können, um den Kampf wieder aufzunehmen. Er lebte wie ein gejagtes Tier, ernährte sich von Beeren und Rinden.

Von Schmertzow in der Ukraine war Kraweniuk bis zu den Karpaten gelaufen. Schließlich fand ihn eine Mannschaft des Roten Kreuzes leblos irgendwo zwischen Polen und der Tschechoslowakei.

Er war bis auf die Knochen abgemagert, struppig, entstellt. Das Rote Kreuz stellte fest, daß es einen abgestumpften, verhungernden Mann aufgelesen hatte.

Man brachte ihn in einem Flüchtlingskranken-

haus in der Nähe von Prag unter. Er schien an einer Totalamnesie zu leiden, er wußte nicht einmal mehr seinen Namen. Man überführte ihn in eine Spezialabteilung, im Krankenhaus der amerikanischen Armee, in der Nähe von Troyes ... in Frankreich.

Der Major-Arzt Lewis interessierte sich ganz besonders für diesen Mann, der dank seiner Papiere identifiziert worden war ... Im Keller aufgelesene Papiere, die sicher in schlimmem Zustand waren! Dieser Mann, der es ablehnte, seinen Bart zu schneiden und sich ... Simon Sylberstein nannte.

Benamou folgte dem Bericht, mit gesenktem Kopf. Als von Karst das Krankenhaus und den Doktor Lewis erwähnte, versuchte er ein letztes Mal, die Geschichte zu widerlegen.

»Blödsinn! Man hat ihn doch wohl ausgezogen, im Krankenhaus! Und dieser Lewis wußte sicher einen Juden von einem Goy zu unterscheiden!«

»Aber«, antwortete von Karst, »Kraweniuk war aus medizinischen Gründen beschnitten worden ... Während seiner SS-Zeit trug er immer eine entsprechende Bescheinigung bei sich.«

»Das ist plausibel«, räumte Weizman ein. »Die amerikanischen Krankenhäuser beschäftigten keine Spezialisten, die in der Lage waren, die Arbeit eines Chirurgen von der eines vom Konsistorium bestätigten Beschneiders zu unterscheiden. Kraweniuk hat sich sicher amüsiert ... bei der SS hätte man sich bestimmt nicht geirrt.«

Judith schwieg, zunehmend niedergeschlagen. Benamou schlug mit der Faust gegen die Wand. Sylberstein ... Der Held ... Der Rächer ... Seinetwegen hatte er die Polizei verlassen! Von Karst fuhr mit seinem Bericht fort ...

Die Gesundheitsdienste der amerikanischen Armee konnten nicht den geringsten Zweifel hegen: dieser hagere, struppige, beschnittene Zivilist, dessen Blick vom Grauen Star gebrochen schien, konnte nur ein Jude sein, der sich vor den Nazis gerettet hatte. Die Psychiater bemühten sich also, ihm eine Erinnerung zurückzugeben.

Bis 1946 gepflegt, reagierte Kraweniuk mit einer ablehnenden Geste, als man ihm die Luger zurückgab, die man bei ihm in den Karpaten gefunden hatte ... Ja, es war eine Erinnerung an eine Heldentat, bei den Partisanen. Die Waffe eines in einem Hinterhalt getöteten SS-Mannes.

Doktor Lewis war sehr stolz, Sylberstein geheilt zu haben. Er half ihm sogar, einige Mittel zu finden, um sich in Paris, Rue de Bagnolet, als Trödler niederzulassen.

Die Fortsetzung war Sam Benamou bekannt. Der Rabbiner Isaac Asher hatte Sylberstein geholfen, den Gebrauch des Hebräischen und des Jiddischen wiederzufinden ... Der Mann war zum perfekten Juden geworden, der regelmäßig die Synagoge in der Rue Julien Lacroix besuchte, großzügig für soziale Zwecke und bei den für Israel gedachten Sammlungen spendete. Der Zufall wollte es, daß er eines Tages von einem Trödler aufgesucht wurde, der unauffällig schöne

Stücke aus Ostdeutschland absetzen wollte. Sylberstein-Kraweniuk war Teil des Netzwerkes geworden und brauchte einige Jahre, um zu entdecken, daß er indirekt von einem seiner ehemaligen Soldaten abhing.

Und keiner der Dienste, die den Obersturmführer suchten, hatte jemals daran gedacht, daß ein solcher Nazi sich unter den Zügen und der Identität eines Juden unter Juden verstecken könnte.

Benamou hörte zu. Alles in dem Bericht paßte zusammen. Als er Stoltz umbrachte, hatte Kraweniuk lediglich seine Vergangenheit beseitigt.

»Es war Notwehr«, fügte von Karst hinzu. »... Denn es war Stoltz, der seine Vergangenheit beseitigen wollte ... Er war hergekommen, um ihn zu töten ...«

»Er hatte keine Waffe, man hat nach der Verhaftung von Sylberstein nichts gefunden!«

Verstört suchte Benamou immer noch nach Argumenten.

»Kraweniuk wird sie beseitigt haben, bevor er sich stellte«, vermutete von Karst.

Der Ex-Inspektor stürzte sich auf den entarteten Junker.

»Miststück ... Du hast nicht den geringsten Beweis! Und Sie auch nicht, Weizman! Sie haben nur Aufnahmen von hinten! Er versucht uns einzureden, Kraweniuk und Sylberstein wären ein und der gleiche gewesen ... Das bedeutet, Kraweniuk ist noch am Leben! Er versucht, ihn zu schützen ...«

»Das ist durchaus möglich«, sagte Weizman ruhig. »Von Karst wird während der Überprüfung hier eingesperrt bleiben. Ich konnte mir kein Foto besorgen, aber ich habe eine präzise Karteikarte, die vom SS-Stab gemacht wurde. Maße, Schädelumfang, Blutgruppe … Alles da. Sogar das kleine Detail, mit Nichtbeschneidungsnachweis, ausgestellt von einem Berliner Arzt, 1938 … Man braucht ihn nur auszubuddeln … Und wenn von Karst lügt, dann haben wir nur ein jüdisches Grab mehr geschändet … In Frankreich erschreckt das niemanden mehr!«

Von Karst näherte sich dem Foto des Trödlers.

»Er hatte keinen Bart … Er war jünger … Wenn ich jedoch seinen Blick sehe, habe ich keinen Zweifel mehr … Wenn Stoltz schneller geschossen hätte, wäre das nur eine Lokalnachricht gewesen … *Einbrecher ermordet Geschäftsmann.*«

Judith Stoltz blickte starr auf die Kreidelinie, die die Lage der Leiche ihres Vaters markierte. Keller wühlte unter den Gegenständen, er schien den Mord und den Anlaß seines Besuches ganz vergessen zu haben. Doch er hatte von Karst zugehört, ohne ein Wort seines Berichts zu verlieren. Aus einem Haufen Schrott zog er den Revolver von Stoltz hervor. Benamou und Weizman hatten keine Zeit zu reagieren, von Karst brach zusammen. Als er in das Durcheinander eintrat, sah der Beamte Duclos Weizman über eine Leiche gebeugt.

»Danke, Keller«, sagte er, als er sich erhob und den 38er zeigte, den von Karst in der nun leblosen Hand hielt.

Judith zitterte an allen Gliedern. Sie begann aus vollem Hals zu singen, auf deutsch, das »Lied der Weltjugend«, eine naive, einst verbreitete Hymne der kommunistischen Jugend, *Unser Lied die Ländergrenzen überflie-iegt, Freundschaft sie-iegt, Freundschaft siegt/ Über Klüfte, die des Krieges Hader schuf/ springt der Ruf, springt der Ruf/ Freund, reih dich ei-ein, daß vom Grauen wir die Welt befreien ...*

Epilog

Dank der Zeugenaussagen von Weizman und Benamou kam Keller mit einem Routineverhör und einer vagen Überprüfung eventueller Vorstrafen davon, die ihn zwang, sich einige Zeit in Frankreich aufzuhalten. Der alte Ernst hat nichts dagegen einzuwenden, und irgend jemand mußte ja schließlich auf die arme Judith aufpassen, die man dringend in eine jener Einrichtungen hatte einweisen müssen, die man schamhaft Erholungsheim nennt.

Die Autopsie der auf dem Friedhof von Thiais exhumierten Leiche bestätigte von Karsts Aussagen: der Obersturmführer Kraweniuk hatte tatsächlich fünfundvierzig Jahre lang das Leben eines praktizierenden Juden gelebt, der mehrmals im Jahr zur Erinnerung an die jüdischen Märtyrer aller Zeiten fastete.

Wütend war Sam Benamou in Rabbi Ashers Studierzimmer eingetreten.

»Sie haben während all der Jahre mit einem Nazi zusammen gebetet!«

»Nichts beweist Ihnen«, antwortete der Rabbiner, »daß ein Nazi zum Beten hergekommen ist.«

»Ich habe bis zur letzten Minute gehofft ... Ich habe

geglaubt, von Karst lügt ... Aber jetzt ist der Körper identifiziert worden!«

»Der Körper ... sicher«, sagte der Rabbiner. »Aber die Seele? Und wenn die Seele von Simon Sylberstein, des wirklichen Simon Sylberstein, vom Krawenius Körper Besitz ergriffen hätte? ... In unserer Tradition nennt man es einen *Dibbuk,* eine herumirrende Seele, die das Martyrium rächt, indem sie sich des Körpers eines Lebenden bemächtigt. Die Seele Krawenius ist wahrscheinlich schon vor langer Zeit zerstört worden, und die Sylbersteins bewohnte seinen Körper und zwang ihn, alle Gebote des Ewigen zu befolgen ...«

»Hören Sie, Rabbi, für die Polizei ist Simon Sylberstein in der Ukraine gestorben, und Kraweniuk ist es, der in Thiais begraben ist.«

»Für die Polizei, natürlich. Für uns ist das allerdings etwas anderes ... Ein *Dibbuk* ist unter uns gekommen, in unsere Gemeinschaft, und nachdem sein Werk vollendet war, ist er zurückgekehrt, irgendwohin, und erwartet messianische Zeiten ... Er war vielleicht ein Zeichen ihrer Ankunft und wir werden ihn wiederfinden auf dem Weg, der uns nach Jerusalem zurückführen wird.«

»Schon gut, Rabbi, wir sprechen nächstes Jahr darüber ... Was machen Sie mit dem Kaddisch, das Sie morgen für Sylberstein sprechen müssen?«

»Ich muß es sprechen, mehr denn je ... Ein *Dibbuk* ist eine irrende Seele, eine Seele, die das Recht auf Ruhe erhalten hat ... Ich rechne mit Ihnen, morgen abend.«

Es war nicht gerade eine Menge zum Gottesdienst in der Rue Julien Lacroix gekommen. Benamou mitgezählt reichte es gerade zum *Minian:* zehn Männer für das Gebet. Die Sache war sorgfältig verschwiegen worden, doch das Gerücht war stark genug, damit die meisten Mitglieder der Gemeinde sich gewissenhaft dem Schatten des *Dibbuk* entzogen.

Der Gottesdienst sollte gerade beginnen, die Männer legten ihre Gebetsschals um, als sich die Tür der Synagoge öffnete und ein Unbekannter eintrat.

»Wer Sie auch seien«, sagte Rabbi Asher, »ich heiße Sie willkommen.«

»Sie sind Rabbiner Isaac Asher?«

Der elfte Mann hatte Schwierigkeiten, sich französisch auszudrücken, sein Akzent mischte den Klang des Jiddischen mit dem Sabir aus Brooklyn.

»Ja, gewiß ... Sie sehen doch, daß ich der Rabbiner bin, nehmen Sie Platz, wir wollen anfangen ... Wir wollen das Kaddisch sprechen für einen unserer Brüder, Simon Sylberstein.«

»Ich glaube, das ist nicht nötig ...«

»Ich habe gründlich nachgedacht«, wiederholte der Rabbiner. »Es ist unwichtig, welcher Körper in Thiais ruht, es gab sehr wohl einen Simon Sylberstein und er verdient einen Kaddisch.«

Der Fremde ließ nicht locker.

»Er kann warten, wissen Sie!«

»Warum sollte er denn warten? Dibbuk oder nicht, es ist Zeit für den Gottesdienst!«

»Rebbe ... Ich bin Simon Sylberstein, aus Schmertzow, Ukraine ... Ich habe Ihre Anzeige im *Jewish Cronicle,* in New York, gelesen.«

»Was«, fluchte Benamou. »Sylberstein ist in der Ukraine gestorben, 1944 ...«

»Sehen Sie«, sagte Sylberstein, »... wir sind alle dort gestorben. Aber ich, ich habe überlebt!«

Der wahre Sylberstein wußte nichts vom Identitätstausch. Ein Mann in einer Ziviljacke, mitten unter Leichen gefunden, mit Papieren, die Simon Sylberstein einige Jahre zuvor im Keller versteckt hatte. Denn er hatte sein Stetl am ersten Tag des deutschen Vormarschs verlassen, sich wohl hütend, seinen Paß mit dem Eintrag »Jude« mitzunehmen. Von der sowjetischen Polizei 1941 verhaftet, hatte Sylberstein nie die Gelegenheit gehabt, Kraweniuk zu kreuzen, denn nach einigen Monaten Gulag hatte man ihn in die Armee gesteckt ... an der mandschurischen Front, gegen die Japaner. Da er Offizier niederen Ranges geworden war, blieb er notgedrungen bei der Armee. Einige Jahre später, als er als Militärberater in Korea diente, desertierte Sylberstein und lief zu den Amerikanern über. Er ahnte nichts von seinem Pariser Doppelgänger. Allerdings war er sehr erstaunt zu hören, daß sich der falsche Simon Sylberstein als Trödler niedergelassen hatte.

Denn das war der Beruf, den er seit 1952 am Ufer des East River ausübte.

Ende

Kosmopolitisches Glossar

Adonai:
Koproduzent von Cecil B. de Mille für die Zehn Gebote. Großer Liebhaber von Spezialeffekten, zeigt sich in einem brennenden Busch, öffnet das Rote Meer, spricht auf den Bergen und schreibt auf Steinen (zeichnet auch unter dem Pseudonym Elohim).

Aschkenasim:
frühere Bevölkerung des Sentiers und Bellevilles, zerstreut jenseits des linken Seine-Ufers. Sie nähren sich von Heringen und sauren Gurken, spielen Geige und sprechen jiddisch (siehe wus).

Bar Mizwa:
religiöse Volljährigkeit des jungen Juden mit vollendetem 13. Lebensjahr. Beweis, daß man viele Cousins und Freunde hat (Schwartz). Große Feier, selbst wenn die Geschäfte nicht gut gehen.

Bizness:
sephardischer Begriff (siehe Geschäft).

Brit Mila:
Beschneidungszeremonie.

Chassidim, »Fromme«:
Anhänger einer ultrareligiösen Bewegung, die in der Mitte des 18. Jh. in Podolien (Ukraine) entstand.

Deutsche:
Gegenstand von Kontroversen zwischen Aschkenasim und Sephardim. Wollte man zehn Gerechte finden, um dieses Volk zu retten, würden erstere sie innerhalb des Berliner Symphonischen Orchesters suchen, die zweiten bei den Entwicklern von BMW, Mercedes und Volkswagen.

FDJ, Freie Deutsche Jugend:
kommunistische Jugendorganisation der DDR.

Gefillte Fisch:
besteht aus zwei Elementen, einem Karpfen mit Schlammgeschmack und einer Füllung ohne Geschmack. Wird mit viel Meerrettich und einer guten Dosis Nostalgie gegessen.

Geschäft:
jiddischer Begriff (siehe Bizness).

Haggada:
volkstümliche Pessach-Erzählung, die zu Beginn des 1. (und 2.) Pessach-Abends (Seder) vom Hausherrn vorgelesen wird, erzählt den Auszug aus Ägypten.

Haggana:
siehe Paul Newman, in *Exodus.*

H'aluf:
Schwein, arabischer Begriff.

Jeckel, Jecke:
deutsche Juden (die auch dadurch auffielen, daß sie im heißesten Palästina bzw. ab 1948 Israel ihre Jacken nicht auszogen).

Jeschiwa:
rabbinische Schule.

Jiddische Mame:
jüdische Mutter (nicht verärgern).

Kaddisch:
Totengebet, das kollektiv gesprochen wird, besonders bei Begräbnissen, und an dem mindestens zehn Männer teilnehmen müssen.

Kapellmeister:
ein Deutscher, mit dem man Umgang pflegen kann.

Kippa,
plur. Kippoth (Hebr.), jiddisch kepple.

Koscher:
asoi wie mame in die bube kochen die lokschen
(so kochen Mutter und Großmutter die Nudeln).

Manichtana:
Lied während des Pessach-Rituals »was unterscheidet diese Nacht von allen anderen Nächten?«

Masel:
Zufall, aber nicht ganz Zufall, ohne wirklich Vorsehung zu sein.

Masel tov:
guter Zufall, viel Glück. Auf franz.: inch'allah.

Mesusa:
dieses an der Eingangstür jüdischer Wohnungen angebrachte Zeichen ist im Prinzip nicht dazu bestimmt, die Arbeit der Polizei in Zeiten von Razzien zu erleichtern.

Pieck, Wilhelm:
deutscher kommunistischer Funktionär, Mitbegründer und erster Präsident der DDR.

Sch'ma, tägliches Gebet:
sch'ma Israel, adonai eloenu, adonai e'had. Höre Israel, der Ewige unser Gott ist einzig.

Schwartz:
Begriff der Umgangssprache zur Beschreibung der Sephardim. Aus dem Jiddischen schwartz-fiss (schwarze Füße – Übersetzung von pieds-noir – so wurden in Algerien die dort lebenden Europäer genannt, die im Unterschied zu den Einheimischen nicht die pantoffelähnlichen »babouches« trugen, sondern schwarze Lederhalbschuhe.

SED:
Sozialistische Einheitspartei Deutschlands, Name der kommunistischen Partei der DDR, von 1946 bis 1989.

Sephardim:
neue Bevölkerung des Sentiers und Bellevilles mit einer Ausdehnung bis Deauville und Vincennes. Nähren sich von Brigg mit Ei und pikanten Oliven, spielen Elektroorgel und sprechen im wesentlichen französisch (siehe Schwartz).

Talmud:
Sammlung von Auslegungen der Tora (siehe Tora).

Talith:
Gebetsschal.

Tefilin:
Lederriemen, die um die Stirn und den Arm gelegt werden.

Tora:
Das Gesetz (siehe Talmud, um zu verstehen).

Wus:
umgangsprachlicher Begriff zur Bezeichnung der Aschkenasim. Wegen der zwei Hauptfragen, die sie auf jiddisch stellen: wus *macht wie geschäft, wus macht wie kindern.*

Aus Freude am Lesen

Shulamit Lapid

»Shulamit Lapid hat mit der vielbeschäftigten Lokalreporterin Lisi Badichi eine wunderbare Frauenfigur geschaffen.«

Brigitte

Goldstück
Roman
btb 72699

Lokalausgabe
Roman
btb 72036

Er begab sich in die Hand des Herrn
Roman
btb 72205

Der Hühnerdieb
Roman
btb 72412

Ferner bei btb erschienen: Die Strandbar. Roman (72574)